Władysław Stanisław Reymont

La Révolte
(Bunt)

WŁADYSŁAW STANISŁAW REYMONT

La Révolte
(Bunt)

Conte
(Baśń)

TRADUIT DU POLONAIS
PAR RICHARD WOJNAROWSKI

Du même auteur :

La Comédienne (Komediantka), traduit du polonais et annoté par Richard Wojnarowski, Editions BoD, 2021, ISBN 9782322155712

© Richard Wojnarowski

Władysław Stanisław Reymont naît en 1867[1] à Kobiele Wielkie, dans la Pologne profonde. Il est d'une famille modeste, cultivée, profondément catholique. Son pays, le Royaume du Congrès, issu du démantèlement de la défunte République des Deux Nations, est sous tutelle russe. De formation largement familiale et autodidacte, il se passionne très tôt pour la littérature polonaise et étrangère. Une santé fragile jointe à une imagination débordante ne lui facilite pas son entrée dans la vie active. Tailleur avorté, il exerce plusieurs petits boulots, notamment dans les milieux du chemin de fer et du théâtre, et tâte même des Ordres et du spiritisme.

Ayant rompu avec sa famille, tirant le diable par la queue, il mène pendant quelque temps une vie de marginal à Varsovie, où il est monté pour tenter sa chance en tant que journaliste et écrivain. Son reportage sur un pèlerinage à Częstochowa en 1894 attire l'attention des critiques et marque le véritable début de sa carrière littéraire.

Il publie *La Comédienne* en 1896, et sa suite *Ferments* en 1897. *La Terre promise*, vaste fresque ayant la ville industrielle de Łódź pour toile de fond, paraît en 1899. Il voyage en Europe et accomplit de nombreux séjours en France et notamment à Paris. Il publie *Lili* en 1899.

Une confortable indemnisation lui est reconnue à la suite d'un accident de chemin de fer en 1900 et lui permet d'accéder à une relative aisance matérielle. Il publie son épopée en quatre tomes de la vie paysanne *Les Paysans* entre 1902 et 1909, dont le succès surpasse celui de *La Terre promise*.

Son abondante production littéraire des années suivantes s'inspire de thèmes sociétaux, historiques, patriotiques, psychologiques et parapsychologiques : *Ave Patria* (1907), *L'Orage* (1907), *Le Rêveur* (1908), *Le Vampire* (1911), la trilogie *L'Année 1794* (1913-1918), *La Révolte* (1924).

Il se rend aux Etats-Unis en 1919-1920, et visite la diaspora polonaise, l'incitant à contribuer financièrement à la renaissance d'une Pologne redevenue indépendante.

Il meurt en 1925 à Varsovie, en héros national, auréolé du prix Nobel de littérature qui lui a été attribué en 1924 pour *Les Paysans*.

---

[1] On trouve aussi la date de 1868, notamment dans l'Essai que Jan Lorentowicz a consacré à l'œuvre de Reymont en 1924-1925, à l'occasion de l'obtention de son prix Nobel de littérature.

PREMIERE PARTIE

I

— Nous allons régler nos comptes maintenant, chien ! — s'écria-t-elle triomphante et, acculant Rex dans un coin, se mit à le frapper avec un tisonnier en s'acharnant dessus et lui rappelant avec chaque coup :
— Ça c'est pour le rôti ! Ça pour le saucisson d'hier ! Ça pour les dindes ! — Le chien se recroquevillait, couinait en demandant grâce, lui léchait les jambes. — Et maintenant, voilà pour les teckels, pour que tu te rappelles, malotru, qu'il est interdit de toucher aux petits chiens des maîtres. Et maintenant, que le diable t'emporte une fois pour toutes !

Et elle lui asséna un coup si puissant sur la tête que le chien hurla, se jeta sur elle les crocs découverts, la renversa au milieu de la cuisine et s'enfuit. Elle se précipita à sa poursuite avec une bordée d'injures vengeresses.

Mais Rex avait déjà disparu dans des fourrés tout proches de sureaux et d'acacias et, bien que sérieusement blessé et respirant à peine, puisait dans ses dernières forces pour se traîner vers des lieux plus éloignés et plus sûrs, lorsque du côté de la cuisine retentirent de nouveaux cris.

L'intendante, retenant le Muet par sa tignasse bouclée, le tabassait sans pitié.

— Sale mioche ! Tu es pire que ce pouilleux de chien. Je te ferai sortir tes boyaux, voleur puant. Je te donne à bouffer par protection, et toi tu voles encore !

Elle beuglait au point que le gamin lui aussi criait à tue-tête et se débattait, tentant vainement de s'arracher à ses griffes acérées, et il en résulta un tel chahut que toute la cour du manoir sombra dans la terreur. Les chiens commencèrent à se démener au bout de leurs chaînes et à glapir. Les poulaillers effrayés se remplirent de caquètements. Les pintades s'enfuyaient bruyamment sur les toits et les pigeons se réfugièrent dans les arbres au-dessus du puits. Les dindons, perturbés, dressant leurs pendeloques et ébouriffant leurs queues, se mirent à glousser, se dandinant dangereusement sur place. Les paons, arrivés en volant de dessous la galerie et déployant l'arc-en-ciel de leur plumage, poussaient leurs cris orgueilleux et méprisants. La maîtresse en personne accourut depuis ses appartements, ainsi que le jeune maître avec son petit fusil, les demoiselles avec leurs poupées dans les bras, et les deux teckels roux, ondulant comme des serpents.

L'intendante finit par lâcher le Muet, déclenchant un flot de larmes et de plaintes.

Le Muet sauta dans les fourrés et s'écroula comme une bûche aux côtés de Rex.

Tous deux gisaient inertes et presque assommés, — pareillement tabassés et pareillement malheureux.

Le soleil ardait et un vent chaud pénétrait la végétation, le friselis des feuilles et le bourdonnement des insectes jouaient une musique si douce et enivrante que tous deux s'endormirent. Et tous deux dans leur sommeil semblaient poursuivre leurs récriminations, pleurnichant et geignant silencieusement et plaintivement. Un énorme chat noir, ami de longue date de Rex, se glissa auprès d'eux, et après avoir reniflé le chien de partout, se blottit contre lui, ronronnant avec compassion. Et puis quelques corneilles se posèrent sur les branches les plus basses des acacias, se mirent à scruter l'obscurité des fourrés et, aiguisant leur bec, descendaient de plus en plus bas et de plus en plus hardiment.

— Je ne suis pas encore crevé... — grogna Rex, levant sur elles des yeux haineux et, léchant le visage ensanglanté et couvert de larmes du Muet, le réveilla en sursaut.

— Partons d'ici, ils vont nous trouver — bégaya le garçon, ils se comprenaient parfaitement.

— Je préfère attendre ce soir ! Ils sont près à m'achever, je ne pourrai me défendre.

— Elle t'a bien arrangé ! — s'apitoya le Muet sur son ami, et avec une poignée d'herbe lui essuya les flancs et ses yeux qui suppuraient. Rex poussait de petits gémissements de gratitude.

— Envoie promener ces saloperies de becs — grogna-t-il à l'adresse du chat. — Ces merdeuses sont encore pires que les hommes.

— Je vais te transporter à l'étable, je connais un endroit sous les mangeoires — proposa le Muet.

— C'est bientôt midi et ces roquets de chiens de berger peuvent me débusquer, et je n'ai pas de forces. J'ai soif... soif...

— Je vais voir s'il n'y a personne près de l'eau — fit savoir le chat avec sollicitude.

— Restez couchés, je vais en apporter.

Ayant ramené l'eau dans une vieille écuelle, il l'avançait tant bien que mal à son ami.

— Tu m'as barboté les pigeonneaux — s'adressa-t-il au chat.

— C'est Jędrek[2], le fils du forgeron, qui les a barbotés, la Truie l'a vu, tu peux lui demander. C'est un bandit, il a déjà barboté les moineaux en dessous du nid de cigogne ; même les pies il ne les a pas épargnées, pour lesquelles la vieille m'est tombée dessus, si bien que j'ai à peine pu m'échapper. C'est un voleur, et maintenant il lorgne après les nids des rossignols. La perruche lui a déjà crié dessus.

— Et toi ne tourne pas autour de la perruche ! — grogna Rex en guise d'avertissement.

— Jędrek fils du forgeron ! Attends un peu, canaille ! Je vais rassembler mes oies et peut-être te ramènerai-je quelque chose de mon dîner, Rex. Attends-moi ! — il siffla dans ses doigts si vigoureusement que les corneilles effrayées s'enfuirent dans le parc.

Le chat lui aussi décampa, passant prudemment sur les côtés et se dirigeant du côté de la cuisine.

On venait justement de faire sonner la cloche pour le midi et la cour du manoir commençait à se remplir du brouhaha des voix des animaux et des hommes, du roulement des chariots, et du lourd piétinement des troupeaux qu'on avait rassemblés. Les balanciers des puits se mirent à grincer. Les cochons dans leurs cabanes se mirent à grouiner d'impatience. Les hirondelles se mirent à gazouiller pendant un moment, se turent, et ensuite toutes les voix semblèrent se consumer aux feux du soleil et s'évanouir dans le silence de ce midi torride.

Rex, léchant ses blessures, veillait, car il dressait les oreilles, parfois soulevait la tête, de temps à autre dilatait ses narines, et par moments, geignant doucement, commençait à s'endormir.

Le soleil chantait son hymne méridien : l'air surchauffé se mit à faire vibrer ses rayons musicaux, au point que toutes les voix de la nature, et il y en avait une infinité, s'unirent en cette lumineuse symphonie dorée. Tout était son, couleur, et en même temps adoptait des contours fantomatiques. La *południca*[3] avec son faucon sur la tête planait au-dessus des terres, et aux endroits qu'effleuraient ses vêtements d'or tout se transformait en poussière, et là où tombaient, tels des fleurs de ciguë, ses regards d'or, la mort faisait une ample moisson : un oiseau chutait brutalement

---

[2] Diminutif d'*Andrzej*, André.
[3] Littéralement : « La Méridienne » ; dans les contes slaves, c'est une sorte de femme-démon, souvent représentée en longue robe blanche, sévissant dans les champs les jours de grande chaleur.

de sa branche, les arbres se desséchaient, les insectes tombaient morts, et même les ruisseaux défaillaient de fièvre. Même Rex tressaillit et, se recroquevillant, appuya sa tête contre le sol humide et l'herbe fraîche. La *południca* passa, avec dans son sillage les cris de terreur de la création et de lugubres traînées ombreuses, ratissant la lumière du soleil.

Et le chien dans son douloureux sommeil se laissa envahir par ses souvenirs. Dans sa misère, il se rappelait l'éclat des temps passés. De ces temps où au manoir tous le considéraient comme un inséparable compagnon. Où il se prélassait sur les tapis et était aimé et dorloté. Si son maître l'ordonnait, — il trucidait son propre frère — un chien ; si son maître l'ordonnait — il pouvait aussi déchiqueter un homme. N'allait-il pas jusqu'à défier les loups ? Il était le seul à pouvoir déloger les sangliers des marais. A ses grognements tout tremblait dans les cours, le parc et les champs. Même les taureaux s'enfuyaient à la vue de ses crocs. Et comment expliquer ? Et comment expliquer qu'à présent il se retrouvait misérable et sans maître ? et vivait dans le mépris, la misère, l'abandon et devait chaparder de minables reliefs de table ? Il ne pouvait le comprendre. De tels regrets lui déchiraient les entrailles de leurs griffes acérées qu'il se releva en sursaut, se détendit et poussa un hurlement de désespoir. Il était énorme, de couleur fauve, ressemblant à un lion, et en dépit de ses flancs creusés et des blessures sur son échine, était encore menaçant et impressionnant. Il roula ses yeux injectés de sang, découvrit ses crocs et, sans se préoccuper de sa douleur, se dirigea hardiment vers le manoir, sous la haute colonnade, prêt à n'importe quel combat, pourvu qu'il pût arriver jusqu'à son maître pour se plaindre à lui. Mais tout était désert et la porte du vestibule était grande ouverte. Il entra courageusement à l'intérieur de la maison, hésita un moment, renifla et s'engagea dans l'enfilade des pièces. Il les traversait les unes après les autres, s'arrêtant dans chacune d'elle, flairant, observant. Il se traînait de plus en plus lentement, comme sous le poids des souvenirs. Des milliers d'odeurs diffuses ressuscitaient en lui la mémoire des jours depuis longtemps révolus. Des sons évanescents, des souffles figés, des silhouettes se perdaient dans les énormes et lugubres salles. Chaque pièce de mobilier lui racontait sa longue histoire, si bien qu'il se remémorait ce qui s'était passé en chaque endroit. Dans l'une des pièces, voyant des armes briller aux murs, il se dressa à leur hauteur et parmi les odeurs de poudre éventée et de fusils il reconnut celle de son maître. Sa mémoire extrayait de ses sombres cavernes des tableaux de plus en plus vivants. Face à la cheminée éteinte, il s'étira sur une épaisse peau d'ours blanche. Il sentit la chaleur du feu et la main caressante du maître sur son échine, couina de plaisir et sortit la langue pour le lécher — il n'y avait personne ; derrière la fenêtre piaillaient les oiseaux, le soleil vibrait et les arbres murmuraient. Il s'enfuit dans la salle voisine, sombre et déserte, les mouches bourdonnaient derrière les volets à moitié fermés. Les énormes miroirs étaient voilés de crêpe. L'air sentait fortement le renfermé et aussi quelque chose qui lui rappelait les émanations des églises ouvertes. Il s'avança jusqu'au centre de la pièce et se contracta de frayeur, une bouffée sentant le cadavre l'assaillit. Il ne pouvait comprendre. Il tressaillit et promena un regard inquiet sur les murs, d'où le regardaient de grandes figures aux yeux immobiles. Il s'aplatit car elles semblaient l'observer avec une telle sévérité que la peur le secoua. Il s'éclipsait en rasant les murs lorsqu'il aperçut soudain son maître, — il était là, assis entre des fenêtres, avec une grande tête de chien reposant sur ses genoux. Il grogna de jalousie, mais se traînant jusqu'à lui, se mit à couiner doucement en remuant la queue. Le maître ni ne bougea, ni ne l'appela.

Rex fit un saut en arrière, comme craignant de recevoir un coup, mais revint à ses pieds après un moment et, rivant sur lui des yeux larmoyants, lui confia avec des couinements apeurés et saccadés toutes ses misères et infortunes.

Une ombre grisâtre sembla se détacher du portrait — une ombre vacillante et informe, un contour flottant et tremblotant convergeait vers lui, mais une telle peur s'empara soudainement de Rex qu'il hérissa son échine et, grinçant de ses crocs, se recula avec des gémissements de terreur sauvage. Longtemps après, il haletait encore dans la pièce voisine, n'osant bouger, comme pétrifié par l'effroi et un irrésistible besoin de revoir son maître encore une fois. Il n'osa cependant retourner dans la salle, mais dilatant ses narines, mit sa queue entre ses pattes et se faufila dans les petites pièces inondées de soleil. Elles aussi étaient désertes.

Par les fenêtres ouvertes s'engouffraient les lumineuses mélodies du parc. Il renifla les jouets dispersés, les lécha affectueusement par ci par là, et s'imprégnant de ces chères odeurs, sortit sur la grande terrasse qu'ombrageait une treille de rosiers en fleur et de volubilis.

On y jouissait d'une ombre douce parsemée de taches de soleil et, dans les coins, dans de vénérables fauteuils de cuir, d'une délicieuse et apaisante fraîcheur.

Un jet d'eau tournant chatoyait dans la lumière devant la terrasse.

— Rex ! Rex ! — s'écria joyeusement la perruche depuis son perchoir doré.

— Je t'ai cherchée ! — grogna-t-il, s'installant dans un fauteuil, comme jadis. Ils vivaient en bonne amitié depuis longtemps. Elle descendit sur l'accoudoir et, battant des ailes, commença à lui raconter en criaillant toutes sortes de nouvelles. Avant qu'il n'eût le temps de se confier à elle, déboulèrent en clabaudant les teckels, et derrière eux la maîtresse de maison, le fils du maître avec son petit fusil, et toute la smala.

— Sauve-toi ! Sauve-toi ! — implora la perruche terrifiée.

Il était trop tard. La maîtresse furieuse se précipita sur lui et brailla :

— Ouste ! Va-t'en, saleté ! Clébard infect ! Dehors !

Et, en même temps que les morsures des teckels à ses pattes, il ressentit les douloureux et puissants coups s'abattant sur son échine.

Rendu furieux par la maltraitance et la douleur, il ramena sous lui les minables roquets, les éreintant sans merci, sans se préoccuper des cris, de l'eau qui giclait et des coups de bâton qui pleuvaient sur lui.

— Sauve-toi ! Sauve-toi ! Rex ! Rex ! — ne cessait de s'indigner la perruche.

Il finit par se dégager de la meute de ses agresseurs et d'un bond de lion se retrouva sur la pelouse devant la terrasse mais, avant qu'il n'eût atteint les fourrés, un coup de feu retentit et comme une poignée de gravillons pointus lui pénétra le flanc gauche. Cet horrible coup lui fit mordre la poussière, mais, ramassant ses dernières forces, il s'enfonça sous les petits sapins, lorsqu'un nouveau coup de feu retentit. Les branches dégringolèrent, telles d'inertes larmes vertes pleurant sur lui. Sans demander son reste, il se traîna à travers le parc jusqu'à la cour, du côté des étables, et s'engouffrant dans une niche, tomba terrassé par la douleur. Le vieux Kruczek[4] lui céda sa paillasse et aussitôt, tirant sur sa chaîne, se mit à hurler comme pour appeler de l'aide.

— Oh, des loups enragés, et non des hommes ! — se lamentait le Muet, qui, ayant appris par les pies ce qui venait d'arriver, accourut au secours de son ami. Il l'aspergea d'eau et lui avança du lait.

— Bois mon frère ! J'ai trait une vache pour toi, — le priait-il, lui tâtant avec précaution les flancs.

— Il m'ont battu dans le manoir, dans le manoir ! — couinait-il plaintivement, tremblant de froid et de douleur.

Le garçon l'emmitoufla dans des sacs comme un enfant, le caressa et avertit Kruczek :

---

[4] Littéralement : « petit corbeau ».

— Si tu oses t'en prendre à lui, je te tuerai comme un chien ! Et il s'en fut rejoindre ses oies.

Des jours difficiles passaient, au cours desquels Rex oscillait entre la vie et la mort, — ses blessures le rongeaient, ainsi que l'impitoyable soleil, les mouches le tourmentaient et le chagrin d'avoir été abandonné l'achevait.

Seules les nuits lui apportaient la grâce divine de la fraîcheur et du soulagement. Le Muet venait avec de l'eau et de la nourriture, passant de longues heures à déplorer avec lui leur commune infortune. Il avait appris en effet qu'on recherchait Rex pour le tuer, et que lui-même devait être chassé du manoir.

— Moi je piquerai une tête dans l'étang et ce sera fini, que m'importe ! — décrétait le garçon — Mais j'ai du chagrin pour toi, orphelin ! Il te faut fuir dans le vaste monde ! Et que feras-tu ? — se désespérait-il.

— Que seulement je guérisse ! — geignait Rex en le léchant avec gratitude.

— Nous ne le dénoncerons pas ! — grognait Kruczek dangereusement, partageant avec lui non seulement le gîte, mais chaque écuellée de nourriture et aussi ce qu'il avait chassé pendant ses nuits de liberté.

Et toute la cour également jura de le protéger en gardant le secret devant les hommes.

Le Muet les avait en effet tous avertis que s'ils trahissaient Rex, fussent-ils des étalons de selle, il leur briserait les quilles. Et donc Rex petit à petit soignait ses plaies en les léchant, tranquillement et entouré de la sollicitude générale. Même les roquets de chiens de berger lui avaient pardonné leurs anciennes luttes pour la femelle braque, et lui rendaient discrètement visite. Tous les matins les troupeaux qui sortaient paître lui lançaient des mugissements pour le saluer. De temps à autre, à midi, en revenant du puits, quelque tête à cornes se baissait devant la niche. Les chevaux hennissaient doucement, flairant avec précaution dans sa direction. En revanche les insouciants poulains, encore ignorants du fouet, batifolaient, l'attrapant par les oreilles de leurs lèvres molles et chaudes. Les moutons en permanence apeurés se répandaient en bêlements sur son sort. Les truies se choisissaient un endroit près de l'étable et, s'étalant au soleil, donnaient la tétée à leurs petits et, gémissant sous leurs coups de boutoirs, regardaient Rex de leurs petits yeux gris sans vie, lui grognant toutes sortes de choses. Parfois aussi, la nuit, à travers les murs de l'étable, il entendait les bœufs ruminer et clapper dans leurs mufles humides, évoquant son sort au milieu de leurs récriminations à propos du travail, des coups de fouet et de la faim.

Mais celui qui se montrait le plus cordial était l'âne, vivant de la charité de la maison. Il était vieux et sage comme le monde, pouilleux, sale, constamment couvert de boue et de cendre, battu par tous, objet du mépris général, moqué de tout l'univers, et chassé de partout. Les hommes comme les animaux s'acharnaient sur lui.

Ils se connaissaient depuis longtemps, Rex et lui : du temps où le fils du maître le montait, Rex les surveillait tous les deux et à trois ils batifolaient dans les champs à l'insu du maître.

La brave bête se ramenait tous les jours, stationnant devant la niche la tête baissée et les oreilles pendantes, se plaignant si désespérément que Kruczek hurlait de consternation et que le Muet le calmait avec son bâton et le chassait. Roué de coups, maltraité, il revenait, têtu, ne cessant de se lamenter.

La gent ailée elle aussi s'occupait de Rex avec zèle, car tous les jours sur les clôtures de tumultueuses conférences se tenaient à son propos, pleines de caquètements, de gloussements, de piaillements et de disputes. Et même qu'une des poules, enhardie par la bienveillance de Kruczek, prit ses quartiers avec toute sa marmaille auprès de Rex, lui caquetant sans arrêt les qualités de ses enfants. Seuls les paons, fiers comme à leur habitude, se tenaient à l'écart, méprisants, tandis que les corneilles, elles aussi par atavisme, observaient la niche depuis les toits, attendant patiemment — au cas où.

Elles pouvaient toujours attendre, car Rex se rétablissait, mais se faisant tous les jours plus sombre et plus renfermé. Il était accablé par certaines réflexions, d'étranges sentiments et visions. Il commençait à regarder dehors du fond de sa misère et de son état d'orphelin. Auparavant, il n'avait cure de ce qui se passait en dehors du manoir : il sentait comme son maître et se comportait presque en humain vis-à-vis de toute créature.

Elles existaient pour être étouffées, coursées, pour servir d'amusement. Conformément aux ordres du maître. Le séparait d'elles l'insondable abîme d'un mode de vie quasiment humain. On l'avait chassé du manoir et poussé au fond de l'infortune. Il ressentait de plus en plus intensément le tort qu'on lui avait causé. C'était une plaie non cicatrisée, par laquelle l'envie de se venger sauvagement de l'homme lui suintait jusqu'au cœur. Dans ces moments il eût déchiré de ses crocs même leurs rejetons, qu'autrefois il adorait, et eût lapé leur sang chaud avec délice. Et pendant ces longues nuits de maladie, et ces journées, encore plus longues, sans sommeil, il réfléchissait à la façon de les atteindre de sa vengeance.

Il était tellement obnubilé par sa haine, que tout ce qui avait odeur d'homme éveillait en lui une indicible aversion et en même temps une menace toujours croissante. Ces réflexions, en effet, lui révélaient la toute-puissance de l'homme. Elle prenait des proportions gigantesques en lui, l'amenant au comble de l'effarement. Comment se venger d'un ouragan ? Comment tenir tête au tonnerre ? Comment attraper l'éclair dans ses crocs ? Un désespoir impuissant le transperçait de ses coups comme un poignard. Ce bipède ne régnait-il pas sans partage sur le monde ? Toute créature était soumise à son cruel pouvoir. Pouvoir de vie et de mort. Il est tout-puissant ! A la fois créateur et bourreau de toute chose.

Ce n'est que maintenant qu'il ressentit cette horrible vérité. Chaque instant la confirmait. Cloué par l'impuissance sur sa paillasse, il se faisait témoin sensible de tout ce qui se passait à l'entour. Aucun cri, aucune plainte, aucun grief n'échappaient à son cœur. Les nuits, en particulier, étaient imprégnées d'une incessante lamentation : les mugissements étouffés des bœufs dénonçaient leur labeur mortifère, leurs flancs ensanglantés par les coups de bâton, leur faim. Les chevaux amochés hennissaient longuement et douloureusement. Le chagrin des vaches pour les veaux qu'on leur avait ravis éclatait en un inconsolable meuglement.

Et des bergeries, des porcheries, des poulaillers montaient aussi coup sur coup des clameurs plaintives et paniquées. La terre polluée se plaignait, les bois mis en coupe réglée gémissaient leurs malédictions, les cours d'eau violentés tempêtaient. Et de partout — des champs et des chaumières — montaient les échos séculaires, jamais tus, des griefs, des violences et de la mort. La terre et le ciel tout entiers étaient imprégnés de la cruauté de l'homme.

Il édifiait le trône de son pouvoir sur une pyramide de cadavres.

On ne pouvait ni le vaincre, ni lui échapper — de même qu'on ne peut échapper à la mort.

Rex gronda en son for intérieur avec la fureur de l'océan battant vainement les granites. Un matin, entendant couiner désespérément des porcs qu'on chargeait sur des chariots d'abattoir, il grogna, douloureusement touché.

— Ils massacrent à nouveau nos frères.

— Le cochon n'est pas mon frère — c'est de la viande — aboya Kruczek. — Des voleurs, ils finiront par s'entredévorer.

Rex se recroquevilla comme s'il avait reçu un caillou et se fit muet.

Et lorsqu'ensuite le juif sortit de l'étable des veaux en pleurs, Kruczek émit un grognement de tristesse.

— Dans la nuit j'en ai étranglé un dans les champs, de concert avec Kulas[5], mais les faucheuses nous l'ont repris.

— Tu fraies avec le loup maintenant, ce bandit !

— Quiconque me permet de me nourrir est mon frère.

— Tu n'épargnerais même pas un des tiens ?

— La faim est aveugle et tout ce qui lui tombe sous la dent est bon pour elle.

L'âne passa en brayant horriblement et s'affala dans le purin.

— Ce sont les rejetons des maîtres qui l'ont arrosé d'une eau qui lui a brûlé la peau.

L'âne se roulait avec des braiments affreux et plaintifs. Derrière lui accourut une bande de garçons menée par le jeune maître, prenant plaisir à le bombarder de cailloux et le cingler de coups de fouet. Le vacarme se répandit dans toute la cour, au point que l'intendant accourut avec un bâton, dispersa les garçons et à coups de pied obligea l'âne à se relever.

Rex, oubliant le danger, sortit de sa niche et grogna.

— Rex ! — s'exclama le jeune maître. — Maman t'a loupé. Il a dévoré mes teckels — pleurnicha-t-il.

— A nous deux, mon coco ! — Je vais te régler ton compte pour le jeune maître ! — brailla l'intendant, se jetant sur lui avec son bâton. Rex gémit sous le coup et, emporté par une soudaine fureur, fonça sur lui, enfonça ses crocs dans sa poitrine et le secoua si vigoureusement qu'il tomba par terre, un morceau d'habit arraché avec la peau.

L'intendant, inconscient, s'effondra dans le purin, tandis que le jeune maître s'enfuyait en criant.

Rex bondit dans le coin le plus sombre de la niche et s'enfouit dans la paille.

— Ils vont t'extirper de là et te tuer. Sauve-toi, — couinait Kruczek, se démenant au bout de sa chaîne.

Il n'y avait pas d'autre issue. Il se glissa dans l'étable déserte, sous les mangeoires, là où un trou dans le mur permettait d'accéder au verger. Il se traîna dans les framboisiers touffus, presque sans comprendre ce qui lui était arrivé. Il entendit des gens qui accouraient au secours de l'intendant et dès que lui parvinrent les hurlements de Kruczek, injustement

---

[5] Littéralement : « Boiteux ».

martyrisé, il résolut de s'enfuir dans les champs. Mais le verger était clôturé par une haie vive touffue et un grillage de grande hauteur et en outre, près de l'unique portail fermé, tournait le petit jardinier avec lequel il avait de vieux comptes à régler. Il s'enfonça plus profondément dans les rangées de denses framboisiers — attendant le moment propice pour prendre sa liberté. L'effroi le harcelait, il ne pouvait même pas dormir, ses plaies qui n'étaient pas encore guéries le brûlaient, le bourdonnement des abeilles et les piaillements hargneux des moineaux, qui tombaient par essaims entiers sur les fruits mûrs et sucrés, le dérangeaient…

— Sers ton maître fidèlement, et il… t'en sauras gré ! — Il entendit au-dessus de lui la voix du petit jardinier, couina en implorant et en se traînant à ses pieds.

— N'aie pas peur ! Et à quoi cela t'a amené ! Ils te pourchassent comme un chien enragé ! Tu m'as arraché mon pantalon, tu te souviens ? Je voulais seulement jeter un coup d'œil à la perruche ! — Il s'accroupit devant lui, le caressant avec bienveillance. Rex lui posa la tête sur les genoux avec confiance.

— Tu vois, sot, comme ils t'ont payé de tes services. Il a suffi que le maître disparaisse, et ouste, du balai ! Tu m'as toujours grogné dessus, ne me laissant pas entrer dans le manoir ! Et qui t'a donné un pigeon ? Et qui t'a balancé de jeunes corneilles sous les sapins ? — Tout en lui faisant des reproches, il lui ouvrit le portail. — Et prends garde à toi, que la maîtresse ne te déniche pas !

Rex courut dans les champs à la recherche de son ami. Le Muet gardait ses oies dans la prairie en bordure de la forêt, assis les pieds dans le ruisseau et jouant du pipeau. Le troupeau d'oies blanches huppées fouillaient le sol au bord de la petite rivière, pleine de goujons cendrés et de gardons. Les saules procuraient une ombre propice, la forêt babillait, les oiseaux chantaient, et le soleil était si chaud qu'une douce somnolence vous transissait jusqu'à la moelle.

Le Muet était déjà au courant de tout ; les pies lui avaient raconté.

— Et maintenant ? Si seulement tu étais guéri ! — s'inquiétait le brave garçon.

— Je suis solide ! Ne suis-je pas venu à bout de l'intendant ?

— C'était un bourreau pour tous. Ils l'ont emporté dans sa chaumière, il ne tenait plus sur ses quilles.

— Ce n'est que le premier… — grogna Rex avec conviction.

— Dans les marais il y a une cabane, le maître y tirait des coqs de bruyère, tu pourrais t'y réfugier ! Même l'intendant ne pourra y accéder, les marécages sont profonds, et les passerelles sont pourries...

— Les mouches y sont insupportables. J'ai chassé là-bas les jeunes canards avec le maître.

— Et dans la vieille hutte des charbonniers en forêt ? Personne ne connaît son existence, sauf Kulas qui vient souvent s'y abriter avec sa meute...

— Kulas ! Je lui ai arrangé les mollets quand il s'en prenait à mon maître... celui-là ne me fait pas peur... mais avec sa femelle et sa portée, c'est une autre histoire...

— Alors réfugie-toi dans les marais, il n'y a pas le choix, et on y trouve tant de volatiles aquatiques que pour te nourrir il n'y aura pas non plus de problème. J'ai vu dans les trèfles de jeunes levrauts...

— Et si je cherchais du boulot quelque part ? — intervint Rex à brûle-pourpoint.

— Dans les villages c'est actuellement la période précédant la moisson, ils ne te jetteront même pas une pomme de terre pourrie, et même te courseront ou bien te dénonceront à l'attrapeur de chiens ! Les Allemands dans leurs colonies[6] pourraient bien t'accepter, ils s'y connaissent en chiens de race, mais ils te revendraient ensuite en ville, et si tu ne fais pas l'affaire ils t'engraisseront et te mangeront. On en parlait au manoir. De tels porcs ne font pas la fine bouche. Le pire dans tout ça, c'est que l'intendant ne te pardonnera pas, et la maîtresse non plus ne laissera pas passer. Ils vont te pourchasser...

— C'est sûr !... — grogna-t-il avec résignation et, s'étirant au bord de l'eau, s'endormit.

Le Muet, se déshabillant complètement, partit à la pêche aux écrevisses.

— Je vais en ramener un paquet à la maîtresse, cela l'amadouera. — pensait-il, plongeant les mains dans les racines spongieuses des aulnes, dans les profondes cavités sous les bords et sous les pierres au fond de l'eau. Il les attrapait adroitement, gardant un œil sur les corneilles qui, descendues tout doucettement de la forêt jusqu'au bord de l'eau, faisaient semblant de boire, et se rapprochaient progressivement des oisons

---

[6] Environ 50 000 colons allemands s'installèrent dans le Royaume du Congrès, notamment en Mazovie et dans la région de Łódź, bénéficiant d'un régime protecteur de la part de l'administration russe. Ils contribuèrent au développement de l'agriculture et de l'industrie. Au début du 20ème siècle, ils représentaient de l'ordre de 5 % de la population.

pataugeant dans les hauts-fonds.
— Haha, vous avez envie d'une fricassée ! — Un cri rauque et une poignée de boue leur tombèrent dessus, si bien que, bredouilles, elles s'envolèrent à ras de terre, pénétrant dans les blés à la recherche de nids. Et dès que le soleil commença à décliner et un vent frais à souffler, le Muet se mit à battre le rappel de ses oies.
— Rex, mes appartements sont sous le saule — il indiqua au bord de l'eau un vieil arbre branchu, s'élevant dans les airs comme sur des doigts tors, entre lesquels apparaissait un trou noir tapissé de roseaux. — Un gîte sûr ! — ajouta-t-il, s'apprêtant à rentrer chez lui
Le chien se retrouva seul, ne sachant que faire. Mais le naturel reprit le dessus et il se mit à foncer à travers champs en direction de la route conduisant au manoir. En guise d'avertissement passait justement le cabriolet attelé aux chevaux grisons : il y avait la maîtresse avec ses filles, et le jeune maître sur le siège du cocher cinglant les chevaux de son fouet. Rex accompagna sa maîtresse d'un regard féroce, grinçant des crocs, puis, contournant le parc par les champs, parvint tout près de la cour, jusqu'à une meule défoncée dans laquelle il s'embusqua. Il se sentit comme aux portes d'un paradis perdu. La nostalgie le dévorait et à plusieurs reprises il se ramassa pour sauter d'un bond dans la cour, mais la peur l'enserrait comme dans un nœud coulant, il se déchirait intérieurement, se démenait et restait silencieusement couché sur place.
Le soleil déjà se couchait. Un nuage de poussière dorée s'étendit au-dessus de la large route, d'où montaient les beuglements mélancoliques des vaches, les sourds mugissements des bœufs harassés, les hennissements des chevaux, le sifflement des fouets, le claquement sec des coups de bâton, et des jurons d'enfer. Le troupeau de cochons passa en grouinant, les bousculant tous sur son passage. Le sol résonna sous les sabots des poulains au galop. Les chariots se traînaient lentement, cahotant sur les cailloux. Puis les troupeaux de moutons, stupides et bêlants, se frayaient un chemin, rabattus par les chiens. En queue défilaient les veaux et génisses, bondissant et batifolant, pénétrant dans les cultures en chemin et cravachés en retour par les bergers.
Tout, absolument tout, bascula ; le crépuscule recouvrit le monde comme d'une lueur mourante, dans la cour tout commençait à s'apaiser, les gens se dispersaient, les petites lumières s'allumaient dans les chaumières, les chiens qu'on avait détachés étaient ivres de joie. C'est à ce moment que Rex, n'en pouvant plus, s'introduisit dans la cour ; il dépassa les étables, humant l'odeur du lait fraîchement trait, dépassa

l'écurie et les habitations des vachers, contourna à bonne distance les cabanes des cochons et tomba dans les fourrés en face de la cuisine. Il en sortait de tels effluves que la faim lui tordait les entrailles. Le Muet était assis sur le seuil, une grosse écuelle entre les genoux, entouré de toute une bande de chiens de garde. La voix de l'intendante retentissait continuellement au travers de la porte entrouverte.

On entendit tout à coup crisser les graviers de l'allée et hennir des chevaux.

— La maîtresse ! Sauve qui peut ! — Il bondit dans le parc par un passage qu'il connaissait, à proximité du poulailler, et bouscula le Roux, qui tout doucement se creusait un accès aux poulettes. Le renard se sauva, avertissant d'un bref glapissement les prédateurs nocturnes. On vit briller fugacement des ventres blancs de belettes se réfugiant dans les arbres ; un putois décampa à travers le dépôt de bûches, tandis qu'une fouine, un poulet dans la gueule, bondit d'un saut énorme sur le toit. Les chouettes se mirent à hululer et il se fit un tel grabuge que le chat noir apparut, lançant d'amers reproches.

— Tu as gâché la chasse, c'est foutu pour cette nuit...

Rex, grognant dangereusement, lui fit de gros yeux et s'enfonça sous les branches pendantes des sapins, car le manoir était éclairé et par la porte ouverte sur la terrasse se coulait un faisceau de lumière dans lequel miroitait et tournoyait le jet d'eau.

Après un moment les fenêtres s'éteignirent et le parc résonna d'une musique encore plus puissante, vibrant de trilles de rossignols. Rex tel une ombre se glissa sur la terrasse. On entendit le cliquetis de la chaînette et la perruche vola à sa rencontre. Leur ardent conciliabule se noya dans les complaintes et mélopées des oiseaux de nuit. Il se plaignait de sa situation désespérée et prenait congé d'elle pour toujours. Il partait errer et se perdre dans un monde étranger et hostile. Il couinait plaintivement et son cœur se déchirait de souffrance, de peur et de désespoir ! Elle gémissait sur lui, éventant de ses plumes ses yeux enflammés. Et émue par son infortune, elle se rappela soudain sa lointaine patrie. Elle se balança sur l'accoudoir et, battant de temps en temps de ses ailes gris-rose, entonna avec des cris étouffés une litanie de nostalgiques délires sans rime ni raison.

— Ma patrie ! Des forêts vierges à l'infini, sans limite. Des guirlandes de fleurs d'un arbre à l'autre ; de dures noix de coco et des mangues sucrées ! Les sommets de palmiers se balançant au souffle des vents ardents et — les cieux de saphir de la mer lointaine !

Ma patrie ! Jours bénis de chants, d'allégresse, de joie !

O midis lumineux, aveuglants brasiers, vibrants du flux solaire, invitant à la sieste !

O crépuscules aux couchers de soleil sanglants, quand la forêt plonge dans l'effroi.

O nuits saturées du sifflement des reptiles, de pleurs d'agonie et de rugissements triomphaux !

Rio Negro ! Que tes eaux parfumées brillent dans les aurores roses !

Le soleil énorme et rayonnant s'extirpe des ondes, — un joyeux cri de bonheur retentit, les fleurs embaument, la terre embaume, tout ce qui existe chante. Des rires dans les fourrés, des poursuites dans les branches, le bonheur qui vous emporte, la joie ! Les ailes vous soulèvent au sommet des palmiers, dans l'azur, dans le soleil ! Faire la course au vent, battre des ailes, s'ébattre dans les airs, crier de félicité, et voler, voler, voler !

Au bord de l'eau limpide, là où le prédateur guette dans la vase, une tige de bambou oscille, emplumée, verte — le soleil fait vibrer les feuilles et répand des paillettes d'or dans l'eau, les ombres éternelles fourmillent de vie, là-bas où dans le calme des couchers de soleil tonne soudain un horrible rugissement et pleure une gazelle qu'on déchiquette.

— Ma patrie perdue ! Paradis de mes rêves. De la liberté !

Elle se tut, et comme si elle étouffait son désespoir, se cacha la tête sous ses ailes.

La nuit tombait, les rossignols chantaient, le hibou hulula et les paons lui répondirent plaintivement dans les arbres.

— Malheureuse ! — gémit-elle à nouveau — j'ai aperçu une montagne voguant au milieu de la rivière, et dessus des arbres desséchés ; je me suis posée étourdiment dessus et d'affreuses serres noires m'ont kidnappée ! Et depuis s'écoulent mes années de honte et de captivité, interminables ! interminables ! Elle sanglota pendant longtemps et se mit à battre des ailes, à se débattre avec des cris désespérés.

— Libère-moi ! Arrache mes chaînes ! Vers la liberté ! Arrache mes fers ! Arrache-les ! Brise-les !

Il se jeta sur le perchoir, qui tomba avec fracas, et tira furieusement sur la chaînette, la mordant, la griffant, la projetant violemment contre le sol, mais en vain.

Et la perruche, comme devenue folle — éclatait tantôt de rire, tantôt en pleurs, tantôt en malédictions. Jusqu'à ce que toute la maisonnée se réveillât : déjà quelqu'un arrivait avec de la lumière par l'enfilade des pièces ; quelqu'un accourait de la cuisine, et un roquet de garde se jeta furieusement sur Rex. D'un coup de patte il le rejeta avec une telle force que le cabot, la queue basse, s'enfuit en couinant, tandis que Rex, découvrant ses crocs face aux gens, s'enfonça peu à peu dans le parc et décida de passer le reste de la nuit à l'orée de celui-ci, dans le petit kiosque chinois qui s'élevait sur un monticule. Mais de temps à autre il se glissait tout près du manoir, d'où lui parvenaient les cris d'aliénée de son amie qui se cognait aux barreaux de sa cage.

Il rêvait à ce qu'elle lui avait raconté, en attendant le point du jour. Il était comme emporté par la nostalgie de ces contrées lointaines et libres de la tyrannie de l'homme. Il grognait en silence et, remuant la queue, parvint à se traîner là-bas, où pleurait la gazelle déchiquetée.

La nuit était tombée, sombre, chaude et silencieuse. Les étoiles s'allumèrent dans les profondeurs du ciel. Les arbres flottaient dans une songeuse torpeur. Les brumes blanchissaient les prairies derrière le parc d'une toison duveteuse. Les chants des oiseaux, saturés d'amour, battaient leur plein. Les arômes des tilleuls, indicibles fragrances, tourbillonnaient dans l'ombre. De temps en temps les blés soufflaient leur lourd parfum d'encensoir, et parfois une exhalaison résineuse parvenait des pinèdes. La terre s'immergeait dans un tranquille repos, demain était encore loin. Seul Rex, ne faisant pas confiance à ce masque de la nuit, la tête collée au sol, sommeillait tout en veillant, prêt à se défendre et à lutter à tout moment. Et, malgré les malheurs qui s'abattaient sur lui, il était parfaitement au fait de ce qui se passait autour de lui.

Voilà que des vastes champs de seigle montaient les impressionnants couinements d'un lièvre qu'on étranglait.

Les renards se faufilaient prudemment et bientôt quelque part dans les blés éclata la déchirante lamentation d'une perdrix. Une faisane chassée de son nid se mit à crier. Les belettes grimpaient sans bruit jusqu'aux oiseaux endormis. Les chouettes interrompaient soudain des trilles pleins d'amour et du duvet se dispersait, semblable à des pétales ensanglantés. Les eaux se mirent à barboter et s'éleva la clameur remplie d'effroi des canards sauvages — les loutres prélevaient leur tribut habituel. La couleuvre se faufilait vers les cachettes des souris. Des prairies lointaines parvenait le hennissement apeuré des juments. — Kulas devait y rôder. Dans la cour les oies déclenchèrent une bruyante alarme devant quelque agresseur. Les chiens aboyaient obstinément contre quelque chose d'inconnu. Les cigognes se mirent à claqueter dangereusement, leur répondirent au loin les craquètements des grues et les échos plaintifs des vanneaux. Les faucons sur les cimes des arbres attendaient patiemment l'arrivée du jour.

Et c'est ainsi qu'à chaque instant et pratiquement en chaque endroit se déroulait l'impitoyable lutte pour l'existence. Les chants d'assouvissement, les gémissements des vaincus, les mortels frissons, les coups cruels, le bruit des os qu'on broie, les odeurs de sang, les trémolos étouffés, s'écoulaient en une mélodie à peine perceptible au milieu des charmes et des griseries de cette nuit d'été. Et au-dessus, énigmatiques dans leur existence, les arbres déployaient leurs frondaisons. Leurs cimes se noyaient dans le froid scintillement des étoiles, et par leurs racines ils puisaient dans les profondeurs de la terre leur forme visible, pareille à des geysers. Ils duraient, étrangers à toutes les turbulences du monde, lointains et suscitant une sourde peur du fait de cet éternel silence...

Au point du jour, quand les luttes nocturnes cessèrent et que de nouvelles s'engagèrent, — quand les faucons tels la foudre frappaient les volatiles s'approchant des bords de l'eau, Rex se réveilla en sursaut et bondit dans les fourrés. Les dindons se disputaient bruyamment dans la cour et on entendait les voix des filles de ferme. Une faim si horrible le tenaillait que, n'ayant cure du danger, il s'introduisit par des manœuvres de renard jusqu'à la basse-cour, et ravissant la première dinde qui se présentait, s'enfuit avec elle dans les blés. Un flot de clameurs, de jurons et une grêle de cailloux l'accompagnèrent. Se rassasiant de viande chaude, palpitante, il abandonna les restes aux corneilles et décampa sans tarder dans les marais, vers l'abri de chasseur.

C'est là que le Muet le retrouva à midi, lui apportant un os à ronger et de mauvaises nouvelles.

— C'en est fini de toi, la maîtresse a promis une récompense à celui qui te truciderait.

— Je ne vais pas manger de l'herbe — grogna-t-il, se pourléchant à plaisir ses babines ensanglantées.

— Tous vont te pourchasser. J'ai entendu les menaces de l'intendant.

— Je sais où ses oies paissent... déjà plumées... impeccable...

— Elle lui a donné un fusil. Ils doivent poser des pièges, ils peuvent disposer du poison, ou encore faire une battue. Et ne fais pas confiance aux chiens de garde, ils seront les premiers à te trahir pour plaire aux maîtres. La femelle braque te cherche... Kruczek lui a sauté dessus, elle l'a mordu et aboie après toi.

— Kruczek... — grogna-t-il, menaçant. — Qu'ai-je à faire d'une femelle, il me faut défendre ma vie...

— Tu ne tiendras pas contre tous, mon pauvre ! — s'apitoyait-il.
— Je vendrai cher ma peau... ils s'en souviendront... — grognait-il.
— Ils m'ont chassé... m'ont tiré dessus, m'ont affamé, et maintenant veulent ma peau, et pour quelle raison ? — couina-t-il douloureusement.
— Au fait, Wawrzek[7] pour faire tort au régisseur a donné à l'étalon un fil de fer enveloppé dans du pain.
— Où l'ont-ils enterré ?
— Il bouge encore, mais ne fait que gémir, il se jette, frappe avec ses quilles que ça fait peur.
— La monture de mon maître ! Un bon compagnon ! Plus d'une fois j'ai dormi chez lui sous sa mangeoire.
— Et la vieille jument grisonne, qui vivait de la charité de la maison, elle est partie mendier dans le vaste monde...
— Elle s'est sauvée... toute seule... dans le vaste monde... — s'étonnait-il, ne comprenant pas.
— Le petit jardinier s'en servait pour transporter l'eau et la martyrisait tellement qu'elle s'est sauvée.
— Et où va-t-elle se sauver... les loups vont la manger.
— Le petit jardinier l'a laissée pour la nuit dans le verger, le matin il l'a désentravée et a voulu l'atteler à la tonne, et voilà qu'elle lui flanque une ruade et se sauve dans les champs. C'est à peine s'ils ont pu le ranimer.
— Il a eu ce qu'il méritait. Mais la vieille ne pourra se défendre face à Kulas...
— Que te dire encore ? — si tu n'avais pas chapardé dans la basse-cour du manoir, ils t'auraient peut-être épargné... Et mes oies non plus, n'y touche pas, les corneilles m'ont enlevé trois oisons aujourd'hui ! Je leur ai promis, à ces charognes, de leur abattre en représailles tous leurs nids dans les arbres du parc.
— Des merdeuses — grogna Rex avec mépris. — Je n'ai jamais touché à une bête vivante, même à un poulet, mais s'ils se liguent contre moi, je ne vais pas faire la fine bouche. A la guerre comme à la guerre !
Et c'est de ce jour que commença véritablement la guerre. Tous les habitants du manoir se dressèrent contre le malheureux banni, avec à leur tête l'intendant, qui jura la mort de Rex. Et cette lutte implacable se déroulait en chaque endroit et à chaque instant. En effet, on le pourchassait

---

[7] Diminutif de *Wawrzyniec*, Laurent.

le jour comme la nuit, le poursuivant avec des bâtons, lui tirant dessus, lui lançant des cailloux, le coursant avec les chiens. Il ne pouvait plus se montrer le jour dans l'enceinte de la cour, car de tous côtés des pierres pleuvaient sur lui et des garçons embusqués sortaient avec des pieux. Même les aînés qui se réchauffaient près des « quadrettes »[8] l'attiraient traîtreusement — tous rêvant de la récompense qui avait été fixée pour sa peau.

Et au début, sous les coups des embuscades qui lui tombaient dessus sans crier gare, sous la menace du danger surgissant de tous les coins — sous la menace des vociférations, des coups de feu et des battues, Rex prit peur et, perdant la tête, courait par les champs, se répandant en amères récriminations contre l'infamie des hommes. Et il aurait peut-être péri s'il n'y avait eu le conseil du Muet.

— Disparais de leur vue pour quelques jours, cache-toi dans la cabane, je ne t'oublierai pas.

---

[8] Bâtiments composés de quatre logements, destinés au personnel de service.

II

Il l'écouta et, empruntant de grands détours, regagna les marais. Il resta couché pendant plusieurs jours, seul, affamé, lapant l'eau avec sa langue enfiévrée, car n'ayant ni la force, ni la volonté de chasser les canards qui grouillaient tout autour de lui. Il occupa ces longues journées à méditer gravement, et comme ses plaies n'étaient pas encore cicatrisées, qu'il manquait de forces et, pire, de courage, il se considérait déjà comme perdu et attendait le pire avec résignation.

Un beau matin, apparemment sur les traces du Muet, le rejoignit la femelle braque qui, se couchant au pied de la cabane, se mit à japper humblement. La brute de nature qu'il était grogna méchamment sur la vagabonde, la houspilla et c'est tout juste s'il ne la précipita pas dans les marécages sans fond. Elle ne couina même pas de douleur, se contentant de se planter face à la cabane, ne le quittant pas des yeux, prête à répondre au moindre grognement de sa part. Il se détourna avec mépris. Elle était pourtant belle, d'une blancheur de lait, la tête et les oreilles bronze clair, et de grands yeux bleus. Et avec cela mince, flexible comme un serpent, élégante dans ses mouvements, propre, éveillée et dotée d'un odorat très développé.

A midi, alors qu'il gémissait de faim dans son sommeil, elle lui apporta un énorme canard. Il le dévora jusqu'au dernier os. Et il acceptait absolument tout ce qu'elle avait chassé pour lui, comme un tribut qui lui était naturellement dû. Il ne lui vint même pas à l'esprit de partager avec elle. Mais après quelques jours, sentant la vigueur dans ses os et les forces lui revenir, il daigna prêter attention à ses yeux en adoration devant lui et à ses tendres coquetteries. Elle était radieuse comme une matinée de printemps, alerte et follement amoureuse de lui. N'était-ce pas pour lui qu'elle avait quitté sa maison, ses écuelles toujours pleines, ses délicieux vagabondages à travers-champ en compagnie de son maître, et ces terribles et merveilleuses sensations lorsque, en arrêt devant un lièvre, elle défaillait sur place et que le coup de feu l'ébranlait au plus profond d'elle-même. Elle avait tout sacrifié pour ce bandit pourchassé et ce vagabond sans-logis. Il la ravissait par sa silhouette de lion, la force de ses mâchoires d'acier et la peur qu'il suscitait chez tous. Que représentaient ces chiens de garde à côté de cet authentique seigneur ? — de misérables roquets. C'est pourquoi, emportée par sa folie amoureuse, elle dansait autour de lui en jappant tendrement. Elle lui mettait les pattes sur le cou, lui léchait les yeux et, se serrant amoureusement contre lui, attendait en frémissant que ses yeux couleur noisette ne s'illuminassent. Il finit par se laisser emporter et ils entonnèrent le chant immortel de l'amour. Et oublièrent tout ce qui n'était pas caresse, batifolage voluptueux, affriolante poursuite d'insatiables désirs. Et les jours passaient, merveilleux, baignés de chaleur et de lumière. Du levant au couchant, le soleil dispensait sa chaleur et sa joie. Le ciel enveloppait le monde d'un azur immaculé. Les nuits regardaient de leurs milliards d'étoiles étincelantes. Les chœurs de grenouilles faisaient entendre leur coassement pratiquement incessant, d'une insinuante douceur. Les marécages chauffés à l'excès exhalaient leur parfum enivrant. Les oiseaux chantaient sans désemparer. L'hymne sacré à la vie, chanté par des milliers de voix, déferlait en vagues d'une puissance et d'un charme indicibles.

Depuis l'infime brin d'herbe, depuis des êtres à peine concevables, jusqu'à ces immenses forêts, ces nuages blancs à l'horizon, ce soleil rayonnant — tout chantait un seul chant, immortel, le chant des éternelles mutations et de l'éternelle durée. Eux aussi se sentirent vibration de ce chant éternel, si puissamment incarné en eux, comme s'ils étaient seuls dans l'univers, et qu'en eux s'initiait l'infinie chaîne des générations futures. Et ils se firent pratiquement un dans leur passion et leurs sensations. Ensemble ils pataugeaient dans les marécages, — ensemble ils pistaient, ensemble ils massacraient. Chaque butin gagné les remplissait du bonheur inassouvi de leurs triomphes. Le pistage des proies, les heures passées à l'affût, les moments où ils se ramassaient pour bondir et tomber sur leurs victimes, les luttes, les poursuites et les victoires se succédaient dans une fièvre d'inexprimables ravissements. Jusqu'à ce que, enivrés de sang, rassasiés de viande, des gémissements de ceux qu'ils avaient déchirés, du sentiment de leur propre puissance, ils s'endormissent sur les sanglants champs de bataille. Et plus tard, emportés par la folie contractée lors de leur fréquentation des hommes, ils massacraient sans besoin, juste pour se distraire, pour faire montre de l'infaillibilité de leurs frappes, de leur flair, et de leur invincible force. Tant et si bien qu'une voix gémissante de terreur commença à s'élever dans les marécages qui s'étendaient sur de nombreux milles, jusqu'à l'imposante rivière et les forêts qui noircissaient l'horizon. Les plaintes grondaient dans les roselières, les joncheraies, les aulnes nains qui poussaient dans les marécages. De plus en plus souvent s'entendaient les lamentations des mères désespérées à qui on avait vidé leurs nids. Car jusqu'à présent tout ce monde avait vécu en paix à l'abri d'eaux sans fond, de marais perfides, et d'impénétrables marécages couverts de moisissures et de lenticules. Même l'homme en hiver n'arrivait pas à atteindre le cœur de cette zone, seuls parfois les renards parvenaient sur la glace friable, cassante, jusqu'en bordure de ces tourbières où des bandes de canards s'ébattaient joyeusement. Et donc toute créature y vivait en sécurité, protégée par ses droits naturels, que personne n'avait jamais enfreints.

Et maintenant que ce couple d'intrus avait commencé à répandre les sauvages assassinats et les dévastations, l'inquiétude s'empara des cœurs. Plus aucun de leurs mouvements n'échappa à une vigilante surveillance. Ils ne se doutaient même pas que, depuis chaque marais, chaque buisson et chaque touffe de roseaux on les suivait des yeux, les guettait, et que les nouvelles de leurs crimes étaient disséminées par le vent jusqu'aux recoins les plus éloignés des marécages. La surveillance aérienne ne chômait pas non plus. Les vanneaux, auxquels ils avaient gobé le plus d'œufs, ne cessaient de tourner dans le ciel, lançant des avertissements plaintifs à chacun de leurs déplacements. Les sternes eux aussi s'avisaient de les survoler avec de brefs cris de guerre. Même les grues descendaient au ras des eaux pour voir ces ennemis publics, car plus personne en ce paradis de la gent ailée ne se sentait en sécurité dans son nid. La femelle braque, en effet, avec son flair d'enfer, détectait les plus soigneusement dissimulés, tandis que Rex l'assistait dans ses rapines, sans craindre les becs puissants des jards sauvages, ni leurs ailes qui vous frappaient comme avec des fléaux. Seules les grues et les cigognes les tenaient en respect avec leurs redoutables becs. Ils ne les agressaient pas, même si parfois la femelle braque tombait en arrêt devant elles. Cette vie remplie d'émotions et merveilleusement aventureuse les envoûta au point qu'ils oublièrent pratiquement les hommes et ce monde de là-bas...

De temps en temps, néanmoins, la nuit, quand la femelle braque dormait, amoureusement blottie contre lui, Rex sentait s'éveiller en lui comme une nostalgie du manoir et une envie de présence du Muet, qui depuis assez longtemps déjà n'était pas réapparu. Et puis, au fur et à mesure que les jours passaient, son amante commença à lui peser, avec les abjectes cruautés dont elle se repaissait aux dépens de ceux qu'elle avait vaincus. Il en avait assez de la viande et du sang, assez de l'amour et assez du bonheur de cette existence sauvage. Une confuse crainte du lendemain commençait à le tourmenter. Parfois il flairait quelque proche danger. Un jour, ayant reniflé une bouffée d'odeur de poudre, il tressaillit. Et certaine nuit, il perçut distinctement l'écho de lointains coups de feu. Ou encore la voix de sa maîtresse résonna en lui d'une façon si tonitruante qu'il se sauva de sa couche. Sans trahir ses tourments, il s'esquivait parfois en bordure des marécages et avec une prégnante langueur captait les rumeurs que le vent rabattait du manoir. Mais en même temps se réveillait en lui le souvenir des préjudices qu'il avait subis et une envie de vengeance tellement féroce l'envahissait que, labourant le sol de ses griffes, il hurlait son impuissante fureur. Il revenait de ces expéditions secrètes comme plus prévenant envers la femelle braque, mais plus cruel envers tout ce qui lui tombait entre les griffes.

Une nuit de pleine lune, d'un indicible enchantement, il fut réveillé par des cris effrayants de jars, suivis d'un soudain silence, sépulcral. La chienne n'était pas à ses côtés — elle était couchée devant la cabane, fouettant le sol de sa queue et claquant de ses crocs. Dans les airs flottait une odeur bizarre, inquiétante. Il sauta sur la cabane, et reniflant dans toutes les directions, sentit nettement, malgré les fortes exhalaisons des marais et des nids de grues, un relent de loup.

Se ramassant, prêt à bondir et à combattre, il scrutait, flairait et écoutait de tous les côtés. Un loup se cachait quelque part dans les environs, décrivant de grands cercles ; le bruit de tiges sèches cassées, le froissement de joncs lourds de rosée qu'on écartait, se rapprochaient de plus en plus. Finalement le silence fut brisé par des grognements brefs, grinçants. La chienne fit plusieurs bonds énormes et, faisant soudain demi-tour, vint se réfugier dans le coin le plus sombre de la cabane. Rex alors, avec des sauts impressionnants, se jeta au-devant de l'ennemi. Le loup prit la fuite et tout retomba dans le calme. Mais la nuit suivante, lorsque la lune s'élevait au-dessus des bois et commençait à faire miroiter les eaux noires, stagnantes, des taillis d'aulnes jaillit le chant d'amour du loup. Le chant était sangloté avec tant de passion, imprégné d'une telle langueur, et l'appelait d'une manière si pressante, que la femelle braque, en dépit de sa terreur, se jeta comme hypnotisée vers lui.

Et la voix du chien, tonnant lugubrement, retentit alors dans le silence de la nuit.

— Que veux-tu, attrape-rat ? A ton père j'ai brisé les quilles, souviens-toi !

La terreur s'abattit sur les marais, car une autre voix résonna comme un coup de tonnerre.

— Avaleur d'eau de vaisselle ! Lèche-marmite, écoute — un seigneur libre te parle !

— Rejeton puant d'une mère pouilleuse !

— Tu n'es bon qu'à garder les oies et prendre des coups de bâton de ton maître ! Je vais te faire sortir les tripes, prends garde !

— Les filles t'ont chassé à coups de balai des poubelles et tu es venu ici, charogne !

— Sac à viande, dans lequel je ne laisserai pas un seul os entier.

— Je traînerai ta carcasse sur un tas de fumier et les corneilles te dépèceront.

— Silence, valet arraché à sa chaîne ! Silence quand quelqu'un de libre te parle !

La femelle braque revint et, comme statufiée, la tête projetée en avant et la patte levée, parcourue de frémissements de crainte et de plaisir, attendait la fin de ce duo qui, tel une tempête, déferlait dans le silence de la nuit, si bien que tout s'était tu, se réfugiant dans les caches les plus secrètes. Même le vent s'apaisa, les eaux se figèrent, tandis que les arbres penchés et les joncs semblaient s'absorber dans l'écoute de ce déchaînement de haine.

— L'attrapeur de chiens te tannera la peau pour que je puisse dormir dessus ! Approche, mouton trouillard, approche que je te frictionne les côtes avec mes crocs ! Approche ! — hurlait Rex avec mépris.

— Petit fumier ! Je ferai la noce avec ta femelle, et toi, chien, tu nous nous chanteras une chanson !

— Je t'attends, crevure ! Je vais te chanter la mort ! La mort ! — Il hurla et, avec des sauts impressionnants, déboula dans les fourrés d'où sortaient les éclairs verdâtres, hostiles, des yeux du loup. Ils se jetèrent l'un sur l'autre en un mortel combat rapproché. Ils s'entremêlaient par terre en un tourbillon d'horribles hurlements, de râles, d'efforts et de haine atroce. Rex était plus lourd, et bien que moins fort et moins exercé à la lutte, il le saisit et, l'étouffant, le cognait avec acharnement contre le sol. Le loup, dans un ultime effort s'arrachant à la mort, décampa avec un hurlement de fureur.

La lutte avait duré peu de temps, mais Rex, mortellement épuisé, ensanglanté, lacéré par les griffes, s'effondra sur le sol. La femelle braque lui léchait ses plaies en couinant humblement et, jusqu'à ce qu'il guérît, lui apportait avec empressement les oiseaux qu'elle avait attrapés. Et nonobstant les frissons de désir inassouvi qui la secouaient lorsqu'elle se souvenait du vaincu, elle servait fidèlement le vainqueur, avec une docilité sans limite.

Tout redevint comme avant, si ce n'est que, stimulés par leur triomphe, ils commencèrent proprement à délirer, au point que les marais bouillonnèrent de la plainte ininterrompue de ceux qu'on assassinait sans pitié et sans nécessité. Rex, grisé par sa victoire, sa puissance, la peur qu'il inspirait et l'admiration de la chienne, se prenait déjà pour le maître légitime de ces immenses marécages et était devenu tellement arrogant qu'il s'apprêtait à se mesurer aux hommes.

Mais il arriva quelque chose d'absolument imprévu.

Un certain après-midi, alors qu'ils dormaient à l'ombre de la cabane, car le soleil déjà déclinait au-dessus des forêts et une agréable brise soufflait, un vol de grues s'éleva dans les airs et, décrivant des cercles de plus en plus rapprochés, se posa par terre à proximité des dormeurs.

Rex ouvrit des yeux vigilants et la femelle braque montra les crocs.

Une immense ombre mouvante cacha le soleil pendant un moment et un régiment de cigognes se posa silencieusement près des grues. Puis en vols spiralés atterrirent les hérons au long bec. Derrière eux arrivèrent en longues traînées les oies sauvages. Les sternes, tels des jets de durs cailloux, tombèrent sur le sol. Et derrière eux arrivèrent d'innombrables essaims de menus volatiles. On eût dit que toute la gent ailée s'était rassemblée pour un congrès, recouvrant les prés des alentours, les roselières et les arbres d'une vague mouvante et emplumée d'ailes battantes.

Les chiens se levèrent en sursaut et, aboyant, commencèrent à rappliquer dangereusement.

Un battement d'ailes généralisé se fit entendre, des milliers de becs, tels des piques, se dressèrent presque au-dessus d'eux, un sifflement pareil à celui de milliers de serpents transperça les airs, si bien que les chiens, pris d'une mortelle terreur, se mirent à hurler, ne sachant plus où se sauver — car toutes ces phalanges soudain marchèrent sur eux dans un calme impressionnant.

Les grues énormes, grises, sautillant sur leurs pattes plaquées d'acier, ouvraient la marche, branlant leurs têtes semblables à des massues à pointes.

Comme revêtues de capes de deuil blanc-noir, les cigognes arrivaient en foule par le côté, menaçantes avec leurs redoutables becs-javelots.

Les hérons cendrés, agitant leurs crêtes belliqueuses, avançaient d'un mouvement furtif. Les jars sauvages, se dandinant d'une patte sur l'autre et battant des ailes, prêts au combat, allaient de l'avant animés d'une farouche résolution. Leurs becs arrondis, emmanchés sur des cous flexibles, battaient comme des marteaux. Ils arrivaient de tous côtés, se pressant en un cercle compact, hérissé de leurs becs. Les vanneaux, tournoyant au ras du sol, emplissaient l'air de leurs déchirantes lamentations. Et du reste de la horde volante montèrent des clameurs et des battements d'ailes assourdissants.

À la suite d'un sifflement prolongé, le silence se fit et la plus grande des grues, celle qui, maintes fois déjà, avait guidé sa famille par monts et par vaux, sortit des rangs, s'avança et, battant des ailes, trompéta solennellement.

« Quadrupèdes immondes ! Fourbes rampants ! Ecoutez ! Nous vous soumettons à un jugement ! Un jugement juste ! Vagabonds sans-logis ! La nature sauvage vous a accueillis et vous avez enfreint ses lois sacrées ! Vous avez massacré sans nécessité. Vous avez massacré par amusement ! Vous vous êtes acharnés sur des oisillons ! Vous avez perpétré des violences, des forfaits, des crimes. Violeurs de lois ! Bêtes féroces ! Vampires abjects ! Malheur à vous, malheur ! malheur !

— A mort ! A mort ! A mort ! — croassa lugubrement un vol de corbeaux qui passait.

— Nous vous chassons de nos contrées sauvages ! Retrouvez vos colliers et vos bâtons. Vous n'êtes pas dignes de la liberté ! Créatures de l'ombre, du froid et des cavernes. Esclaves des bêtes humaines ! Comme elles — méchants, menteurs et fourbes. Pour ceux que vous avez massacrés, pour les nids dévastés, pour les oisillons étouffés, pour les lois violées — nous vous bannissons à jamais ! A jamais !

— A mort ! A mort ! A mort ! — croassèrent les corbeaux, descendant de plus en plus bas.

Le cercle se rompit, ménageant une large voie au milieu des foules ailées.

Les chiens s'y précipitèrent pour prendre la fuite. Ils fonçaient en accomplissant des bonds formidables, rendus fous par le mortel danger qui leur semblait les menacer du fait de ces becs innombrables — mais aucun d'eux ne les frappa, aucune serre ne les érafla, ni aucune aile n'effleura leurs échines tendues par la fuite.

Le crépuscule tombait déjà quand, arrivés au niveau des champs, ils s'engouffrèrent dans les blés et s'y tapirent, à demi achevés par la fatigue et les terreurs qu'ils venaient de vivre. Rex, haletant péniblement, promena longtemps son regard injecté de sang sur les blés ondoyants et le ciel piqueté d'étoiles, avant de sentir renaître en soi le bonheur d'exister. Il frémissait encore au souvenir des becs et des ailes s'agitant au-dessus de lui.

La femelle braque, après s'être un peu reposée, se releva soudain et, prenant son souffle, fonça à travers-champs vers la maison.

Il sursauta, prêt à la suivre, mais resta sur place, à l'écoute du bruit des bonds qu'elle faisait en s'éloignant, seuls ses yeux s'assombrirent, de la bave coula de ses babines pendantes, tandis que sa tête, arrogante et fière, s'inclinait toujours plus vers le sol.

III

Rex se retrouva sous la redoutable coupe d'un pouvoir oppresseur. Il était banni à la fois par des hommes ingrats et par la gent ailée, pour des fautes qu'il ne comprenait pas, abandonné de ses amis, marqué des stigmates d'une haine universelle, et condamné à l'amère existence d'un vagabond sans-logis.

Il ne se rendit pas compte tout de suite du danger de sa situation. La peur et la colère l'agitaient l'une et l'autre car, se sentant lésé, il n'en comprenait pas la cause. C'est pourquoi il se cognait comme contre un mur invisible. Il tournait autour des résidences des hommes, fou de terreur. Ou bien s'enfuyait dans les champs les plus éloignés, se cachait dans les fossés, errait sur les routes et revenait, n'ayant cure des cailloux qui lui tombaient dessus de partout et des clameurs sauvages de ses poursuivants. Ou encore, tapi dans les fourrés bordant les chemins, il captait pendant des journées entières les échos provenant de la cour. Il ne pouvait non plus retrouver le Muet, car un autre gardait les oies, son ennemi de longue date. Il essaya bien de s'introduire auprès de la perruche mais, pour mal faire, la nouvelle de sa honteuse déchéance s'était déjà propagée par les champs, les forêts et les marais. Nulle part il ne trouvait de compassion. Il vivait en paria de l'univers, devenant par là même objet de poursuites et de mépris. Les stupides pies se gaussaient de lui. Les corneilles le suivaient à la trace, comme un rebut en train de crever. Une autre fois, alors qu'il dormait dans une dérayure, bercé par le murmure des blés, des faucons tombèrent sur lui. Et les odieux brocards des renards glapissants le rendaient fou au point qu'il se vengeait en démolissant leurs terriers. Dans le parc non plus il ne pouvait se montrer, car la gueusaille ailée poussait de telles clameurs que les gens accouraient armés de pieux. Et lorsque, poursuivi, il se dissimula dans l'oseraie au bord de l'étang, les cigognes le découvrirent et, déchaînant un vacarme de claquètements, se mirent à le frapper de leurs terribles becs, si bien qu'il échappa de peu à la mort. Même ses anciens compagnons dans leurs niches sortaient leurs crocs à sa vue, tandis que Kruczek pour s'en excuser lui aboyait dessus peureusement.

— Sauve-toi ! Les gens disent que tu es enragé ! Tout le monde a peur de toi. Sauve-toi !...

Il finit par s'en convaincre car, à la recherche d'un gîte, il trouva dressés contre lui toutes les cornes et tous les sabots. Les étables et les écuries, paniquées, lui interdisaient leur accès, beuglant à tue-tête. Alors, lassé et affamé, il se faufilait dans les porcheries et finissait les misérables rogatons dans les auges des cochons. Les truies le dénoncèrent et, une nuit, l'intendant organisa une battue dont il n'échappa indemne que par miracle. C'est à ce moment que, rendu fou par la peur, il fuit dans les bois. Sous peine de mort, il lui fallait abandonner les séculaires litières de sa race et se réfugier dans les impénétrables forêts. Jadis il les avait parcourues avec curiosité en compagnie de son maître, mais à présent, se retrouvant dans des ténèbres que trouaient de rares raies de lumière, il s'arrêta, stupéfait. Et dès qu'il eut entendu au-dessus de sa tête les mystérieuses mélopées de ces monstres qui se balançaient, et qu'un silence inquiétant l'eut enveloppé, la terreur se manifesta dans ses yeux injectés de sang et une longue plainte de désespoir s'arracha des profondeurs de sa poitrine.

Il resta pendant longtemps couché, recroquevillé dans les taillis, avant d'oser s'enfoncer plus avant dans la forêt. La solitude et le silence lui parurent horribles. Il avait toujours été en compagnie ! Il connaissait le manoir, le village et la cour ; il connaissait les hommes et les animaux, il connaissait les champs et le ciel ; il connaissait les jours et les nuits, les ennemis et les amis ; il connaissait le cours des choses, les lois et les coutumes — et voilà qu'il se sentait rejeté dans un monde qu'il ne concevait pas, un monde étranger, inconnu et terrifiant.

Mais la crainte de la mort l'emporta sur son envie de retour, si bien qu'il se mit à errer sans but et souvent mourant de faim. Au début, en effet, ses chasses se révélaient infructueuses : son odorat émoussé le trompait, et sa vue n'était pas à la hauteur. Il ne savait transformer son bond en un coup infaillible. Il ne s'y connaissait pas en subterfuges. Il ignorait les coutumes de la forêt, et ses lois. Il se lançait à la poursuite de tout ce qui se présentait, tel un jeune braque écervelé. Il n'arrivait pas à pister des traces, ni filer patiemment, pendant des heures, sa proie. Il se trahissait par ses aboiements. Il se démenait dans les bois tel un veau dans une étable déserte. Il aboyait sur les écureuils qui le bombardaient de pommes de pin. Il s'efforçait d'attraper des roitelets, ce qui faisait même rire les chouettes dans les cavités des arbres, et toute la forêt le suivait à la trace avec inquiétude, car il effarouchait, terrorisait et massacrait ce qui lui tombait entre les griffes. Des milliers d'yeux le surveillaient, guettant dans les fourrés, les cimes des arbres, les hauteurs du ciel.

— Ce n'est qu'un chien, un stupide chien d'homme ! Ne craignez rien. — hululaient parfois les hiboux.

— Il pue la fumée et la charogne — croassaient les corbeaux, ne le quittant pas des yeux, et des ricanements grinçants se répandaient comme en écho.
— Bandit de cour ! Bandit ! Voleur de poules ! Bandit !
— Il se nourrit à nos dépens ! — s'indignaient les loups, qui le pistaient à distance.
— Ouste, du balai ! Ouste, du balai ! — s'époumonait une vieille pie, jadis élevée par les hommes, se rappelant soudain cette expression qu'on lui avait apprise il y a longtemps.

Il lui aboya dessus avec acharnement et se mit à sauter pour atteindre la branche sur laquelle elle était perchée.
— Idiot ! Idiot ! Idiot ! — s'excitait-elle bruyamment, battant des ailes de contentement.

Il s'enfuyait dans les profondeurs, mais toujours les clameurs, les menaces, et les glapissements hostiles le poursuivaient. Il prit cette vie pénible, solitaire, en horreur. Et de surcroît, ces bois impénétrables l'égaraient. Il s'y perdait. Ces marécages envahis par la végétation, pleins de nids de serpents, l'effrayaient, tout comme ces endroits reculés grondant en permanence de bruits maléfiques, de reniflements rauques et résonnant de lourds piétinements. Et il en avait ras les crocs de cette misère pénible et de ces frayeurs. Il sentait en effet la mort rôder en permanence autour de lui. Elle n'attendait que l'occasion propice, si bien qu'il ne dormait que de jour et dans des clairières dégagées, et même alors l'épouvantaient les ombres des oiseaux qui passaient. Et comme il lui était de plus en plus difficile d'attraper quelque chose, que la faim lui faisait perdre ce qui lui restait de discernement, il lui arriva une fois de chaparder en plein jour un beau marcassin dans une harde de sangliers. Il n'eut pas le temps de finir son festin et, abandonnant les meilleurs morceaux, dut fuir devant les laies déchaînées. Puis, rendu quasiment inconscient par la faim, il se jeta comme un fou-furieux sur des cerfs venus boire. Piétiné, il put à peine se traîner jusqu'à une cabane de charbonniers et là, pendant quelques jours, soigna en les léchant ses nouvelles et graves blessures. La cabane se dressait en bordure d'une grande et ancienne coupe, envahie par une dense végétation de framboisiers, de ronces et de mûres, dominés par les troncs sveltes des arbres d'ensemencement. On y entendait le vacarme incessant des gazouillis et des chants, et au milieu miroitait un étang de forme allongée, aux bords envahis par les joncs et les roseaux. Les oies sauvages et les canards y barbotaient toute la journée. Cet endroit était perdu et ignoré des hommes, mais pas de la forêt.

C'était en effet un endroit comme sacré où, à chaque coucher et lever de soleil, au bord d'une eau pure et profonde, se rassemblait tout le peuple de la forêt, s'abreuvant en toute sécurité, et se baignant à volonté. Tout autour, comme si elle en était la gardienne, se dressait une futaie séculaire de chênes et de pins élancés. L'atmosphère fleurait bon le miel et vibrait du bourdonnement des abeilles car des ruches peuplaient les cavités des vieux arbres, et de certaines, orientées vers le couchant, sortaient des coulées de miel doré qui durcissait à l'air libre. Au-dessus d'elles s'agitaient des nuées d'insectes qui s'engloutissaient dans ces coulées collantes et sucrées, et par-dessus, comme sur des croûtes, défilaient d'innombrables hordes de voraces fourmis rouges.

Les jours passaient, avec un temps variable : le soleil cognait sans pitié, de violentes tempêtes éclataient, la terre tremblait sous les coups de boutoir du tonnerre et la foudre abattait sans désemparer ses coups de fouet enflammés sur la forêt malmenée par le vent ; tantôt tombaient de violentes pluies qui déferlaient avec le fracas d'une mer démontée ; tantôt arrivaient, en provenance des champs poussiéreux, des tornades estivales qui, comme ivres, sifflant et faisant le diable à quatre, slalomaient au milieu des bois. Suivaient, a contrario, de longues journées de calme, chaudes et parfumées, et tout ce qui était vivant chantait alors l'hymne sans fin, d'une inconcevable ferveur, au bonheur et à l'amour.

Seul Rex était imperméable à cette universelle joie de vivre. Davantage que ses blessures, le tourmentaient d'intenses réflexions. Son infaillible instinct lui suggérait, en effet, qu'il ne trouverait pas son salut dans la forêt, qu'il allait périr. Et il ne voulait pas périr. La volonté de vivre s'éveillait en lui, de plus en plus puissante. Un courant de sourde révolte le faisait se dresser constamment sur ses pattes. Il retombait sur sa litière, encore faible et malade, mais l'envie de se venger ne cessait de bouillonner en lui. Pendant ces longues journées et nuitées défilaient constamment dans son cerveau enfiévré les images vivantes de ses griefs et de ses souffrances. Et, les revivant, il souffrait à nouveau et si douloureusement qu'il hurlait de désespoir, en voulant à la fois aux hommes et aux animaux. Surtout quand il sentait et entendait les prédateurs tourner sans relâche autour de la cabane. Il attendait, sachant qu'à n'importe quel moment il devrait mener son dernier combat, mais ce moment n'arrivait pas. Il ne comprenait pas ces atermoiements, jusqu'à ce qu'un vieux hibou lui expliquât.

— On n'achève pas les malades ! Telle est la loi ! — hulula-t-il des profondeurs de la cabane où il nichait.

Et le lendemain, quand le soleil mit fin à ses chasses, enfoncé dans le coin le plus sombre de la cabane, le hibou commença à lui enseigner les lois et les coutumes qui régnaient dans la forêt. Il hululait de façon monotone et incompréhensible, répétant cent fois la même chose, mais Rex le comprit parfaitement.

L'ayant écouté à satiété, il planta fièrement son regard dans ses yeux jaunes et brillants.

— Je préfèrerais garder les moutons chez les hommes qu'être roi dans la forêt.

— Personne ne règne sur nous, en dehors de lois sages et antédiluviennes. Elles ne te plaisent pas, mais que sais-tu, toi, de la liberté ? Les hommes t'ont enseigné leur liberté, au moyen du bâton et de la faim. Tu t'es arraché à ta chaîne, esclave, et aboies avec insolence sur des choses que tu ne conçois pas.

— Mais ce que je sais, c'est que là-bas, chez les hommes, on ne se pourchasse pas sans arrêt l'un l'autre, on ne se dévore pas tout cru, on ne se piste pas continuellement ! Tout le monde là-bas dort en sécurité.

— Parce que tous se nourrissent du bon vouloir de l'homme et sont surveillés par son bâton. Ils ne se mangent pas entre eux, mais l'homme les mange tous. Quelle image donnent-ils d'eux-mêmes, les jadis puissants peuples des sabots, des cornes et des ailes ? — l'image d'un laborieux troupeau qui, pour prix d'un misérable gîte et couvert, a vendu sa liberté, sa force et son sang. Vous vivez, vous vous multipliez et mourez pour le seul bénéfice de l'homme ! Ta peau ne t'appartient pas, ni tes os, ni même ta toison ! Honte à ceux qui se sont amourachés de l'esclavage ! Vous ne savez même pas vous révolter ! Vous ne savez que vous plaindre, encaisser humblement les coups de bâton et lécher les bottes de vos oppresseurs.

Rex sursauta, comme brûlé au fer rouge, et retomba sans forces.

— J'avais mon nid dans le clocher d'une église et je sais ce qui s'y passe ! Je me souviens, combien de plaintes, de douleurs et de désespoirs montent en un seul cri à chaque aurore et à chaque crépuscule. Et tu entends ces chants dont la forêt résonne en permanence ? Ce sont des chants de liberté, de joie, d'une vie de courage et d'insouciance ! Des chants de bonheur !

Rex couina douloureusement, déchiré par les griffes de ses souvenirs.

— Tu ne sais pas quel bonheur je ressens à déployer mes ailes, m'élancer dans l'air et me laisser emporter là où j'ai envie, maître de mes forces et de moi-même, libre !

— Jusqu'à ce que qu'un faucon hobereau te déchiquette, comme une misérable bergeronnette — grogna-t-il.

— S'il me vainc, c'est son droit. Mais les nids de ceux qui s'en sont pris à moi de cette façon sont vides depuis longtemps. Tout le monde a le droit d'agresser. Chaque coup, chaque mort, se paient par une mort. Malheur aux faibles ! Malheur à ceux que trahissent leurs crocs ou leurs serres ! La vie est combat ! Il faut vaincre. Le sang chaud de l'ennemi et sa viande fraîche, frémissante, c'est la divine récompense du courage. Gloire et proies aux vainqueurs ! Mort aux vaincus ! C'est le mot d'ordre de ceux qui sont libres ! — hululait-il de plus en plus fort.

— Il t'arrive de temps en temps d'attraper une souris, et tu radotes à propos d'exploits héroïques.

— Et toi tu considères que tu combats quand ils te font courser une vache en train de crever ! Et même dans ce cas, tu trembles devant ses sabots. Chevalier sur lequel même les corneilles s'acharnent quand elles le veulent bien...

— Les poux te dévorent sans que ton héroïsme ne puisse te défendre ! — ajouta Rex, voyant le hibou se trifouiller le dessous des ailes avec son bec.

— Silence, valet, n'oublie pas que tu parles à quelqu'un de libre. N'oublie pas, bestiau, que tu n'es qu'une chose d'homme ! La forêt t'a protégé, souviens-toi ! Et moi je te conseille de revenir au bâton, à ta mangeoire pleine, à ta litière douillette dans une cabane. Pour apprécier la liberté, il faut être né libre. Hors de ma vue, galeux !

Rex se jeta sur lui mais, ne pouvant l'atteindre, retomba en gémissant sur sa litière.

Le hibou s'envola de la cabane, hululant d'un rire qui se répandait dans toute la forêt.

— Vous allez apprendre ce qu'est un chien ! Vous allez sentir ce que sont les crocs d'un esclave, bandits libres ! — hurlait Rex, grinçant des crocs. Une rage irrépressible l'étouffait. Il se sentait outragé et maltraité comme jamais il ne l'avait été par personne. Ces considérations sur la servitude lui brûlaient les tripes et le rendaient fou. Elles étaient véridiques et c'est pourquoi il ne pouvait les digérer.

Et il avait dû tout écouter ! Il tournait en rond sur sa litière, se mordant la queue et écumant d'une impuissante colère. Ces injures infâmes n'avaient fait que révéler à quel point toute sa vie était enchevêtrée à cet ancien monde. A quel point toutes ces choses qu'il maudissait il y a encore peu de temps lui étaient proches et chères. Et simultanément il ressentit cet insondable abîme qui le séparait de la forêt, et comme il en avait peur, il se mit d'autant plus à le haïr et maudire en hurlant sauvagement. Cette haine exacerbée jusqu'à la folie éveillait en lui des instincts guerriers cachés et un intrépide courage. Les sanglantes railleries du hibou le cinglaient comme avec un fouet, si bien que, en dépit de son affaiblissement et de ses blessures encore ouvertes, il se traîna jusqu'à l'étang et là, tapi dans les roseaux du rivage, attrapa un canard sauvage avant que celui-ci n'ait eu le temps de dire ouf. Cela lui fit reprendre des forces et de l'assurance, et le rendit si téméraire que, pendant des journées entières, il guettait dans les roseaux et attrapaient les oiseaux aquatiques avec une telle adresse que même la plus vigilante des grues ne l'aperçut pas rentrant dans la cabane avec sa proie entre les dents. Et à mesure que les forces lui revenaient et que ses chasses étaient couronnées de succès, il commença à s'affranchir avec insolence des lois en vigueur. Il les provoquait, pour ainsi dire, massacrant en plein jour, aux yeux de tous, et sa grosse tête léonine se relevait toujours plus haut et avec plus d'arrogance. Un calme de mauvais augure, porteur de tempête, commença à l'entourer. Il sentait que des milliers d'yeux le suivaient, que dans les fourrés, les terriers, les cavités des arbres et dans les airs on pesait le moindre de ses mouvements, que l'enserrait un cercle de plus en plus étroit de dangers et qu'ils allaient l'attaquer d'un moment à l'autre. Ce n'est pas en vain que le hibou avait échauffé la forêt. On l'entendait continuellement hululer ses horreurs et voler comme un édredon en lambeaux. A intervalles réguliers, Rex reniflait de jeunes louveteaux qui se faufilaient çà et là, tantôt un renard se trimballait en éclaireur, le nez en l'air, tantôt un lynx, tapi dans un arbre, lançait le fugace éclair de ses yeux rouges. Même ces idiots d'écureuils semblaient le surveiller, tournicotant constamment autour de la cabane. Et dans le haut du ciel, à peine visibles, tournaient les faucons. Impossible d'échapper à leur vue diabolique. Même la forêt et le peuple des menus volatiles semblaient participer à cette alliance générale dirigée contre lui. Les corneilles, bien qu'il leur fît la grâce d'abondants reliefs, lui clamaient leur enthousiasme mais au crépuscule s'empressaient d'aller informer les loups. Même le fouillis des ronces l'arrêtait parfois de ses épines acérées ; ou alors des branches pendantes le fouettaient douloureusement et les jeunes arbrisseaux se faisaient impénétrables. Les vents lui gâtaient le flair en dispersant les odeurs. Mais en dépit de tout cela, Rex, bravache et avec une apparente et rusée insouciance, s'exposait de plus en plus, comme exprès.

La forêt stupéfaite, craignant quelque piège imprévu, se fit hésitante face à un courage si résolu.

Et lui, comme s'il défiait la mort, se mit à l'affût de biches en un lieu sacré. Au crépuscule tout le troupeau vint s'abreuver et, se sentant en sécurité, elles burent longtemps, folâtrant gracieusement sur le bord. Il se jeta sur l'une d'elle, svelte et à peine adulte — la biche, s'arrachant à ses crocs, d'un bond formidable plongea dans l'eau, et lui la rattrapa au milieu de l'étang et, sans égard pour ses brames plaintifs, l'assassina. Il festoya pendant longtemps, les corneilles se rassemblaient, attendant leur tour, lorsque des fourrés montèrent des glapissements de loups. Rex, relevant sa tête ensanglantée, répondit par un grognement menaçant.

Kulas, sortant du bois, émit un hurlement, exigeant de partager.

— Viens et sers-toi !

— Partage ou je t'assignerai au tribunal pour assassinat en un lieu sacré.

— Viens et sers-toi ! — hurla-t-il sourdement, découvrant ses crocs jusqu'à la gencive.

Le loup, enivré par l'odeur de sang frais, commença à appeler longuement ses compagnons, cachés quelque part à proximité...

Rex n'en attendit pas davantage, se redressa sur ses pattes, se ramassa pour bondir et, roulant des yeux, explosa d'un effrayant cri de guerre.

Kulas recula prudemment, s'esquivant en longeant l'étang jusqu'à la rive d'en face, tandis que Rex hurlait son orgueil, sa force et sa colère avec une telle puissance que la forêt tout entière claqua des dents d'une extrémité à l'autre, et face à la menace que recélait une telle voix tout ce qu'il y avait de vivant se blottit au fond des tanières, des nids, et des fourrés inextricables. Personne ne se présenta pour combattre. Tous se dégonflèrent lâchement face à ce défi. Et donc, comme pour claironner sa victoire, il traîna triomphalement les restes de la biche jusqu'à la cabane et se jeta sur sa litière, à bout de forces.

Ce fut la première nuit dans la forêt qu'il passa en dormant tranquillement et sans terreur.

A l'aube il alla boire et, après s'être ébroué dans l'étang, s'allongea sous les pins, écoutant le doux bourdonnement des abeilles quittant leurs ruches pour se rendre au travail.

Le jour se levait, pure merveille ; sous les arbres flottait encore une obscurité tout humide de rosée et imprégnée du lourd et capiteux arôme de résine et de champignons ; les brumes s'élevaient des repaires nocturnes et, voilant la clairière d'un nuage bleuté, s'élançaient, diaphanes, vers le ciel ; une brise annonciatrice du soleil souffla ; les arbres qui s'éveillaient frémirent, s'égouttant en une pluie de perles de rosée ; au milieu de ce silence encore somnolent, inquiétant, commencèrent à bruire les premiers murmures et chuchotements, battements d'ailes et gazouillis. Et quand la nuit pâlit, découpant de plus en plus nettement les silhouettes des arbres, la forêt s'anima. Des nuées d'oiseaux commencèrent à rappliquer vers l'étang. Les roselières, à travers lesquelles les biches se frayaient toujours le même chemin pour arriver à l'eau au plus vite, se mirent à ondoyer. On entendit grogner les sangliers, qui débarquaient par hardes entières. Les loups se faufilaient silencieusement, ne laissant de traces de leur passage que dans l'air. Les renards glapissaient, tournant avec inquiétude. Des arbres dégoulinaient les rapaces, remuant à peine leurs ailes. Les cris des oies sauvages et des canards se répandaient dans l'air en même temps que leurs bruyants clapotis dans l'eau.

Les grues venaient en queue de ce cortège. Et ces masses compactes de grands et petits carnivores, fouisseurs et herbivores, — tout le peuple de la forêt, dans le tumulte d'une joyeuse liberté, s'abreuvait et se baignait en toute sécurité sous la protection de lois immémoriales, interdisant sous peine de mort la chasse auprès des points d'eau.

Rex était couché sous un pin, à la vue de tous, sinistre par sa puissance et le meurtre qu'il avait perpétré la veille en ce lieu. Mais personne ne s'en prenait à lui.

On passait outre, comme sans le voir. Pas un seul regard ne fulgura dans sa direction. Ils passaient tranquillement à côté, comme s'il n'y était pas.

Cela le plongea dans l'inquiétude, il ne pouvait s'imaginer cette indifférence, il devait s'y cacher quelque ruse. L'attitude des loups, en particulier, l'incitait à la plus grande vigilance. Mais quand l'aurore fit jouer la pourpre de ses tons sur l'eau, le peuple de la forêt s'évapora aussi rapidement et silencieusement que les restes de brume. Seules les grues restèrent. Leurs grandes colonies occupèrent les bords de l'étang et, s'entourant d'un rideau serré de sentinelles, commencèrent à enseigner leur jeunesse. Régulièrement de petits vols se détachaient avec un guide à leur tête et, décrivant de larges cercles, s'élevaient de plus en plus haut au-dessus des bois, sous les nuages rosés, et là, en formations triangulaires, semblaient s'abîmer dans les profondeurs éthérées, au point que seul leur craquètement prolongé signalait leurs traces aux portes du ciel.

Elles revenaient dans la même formation, pour recommencer une fois reposées.

Rex se prit à rêver de vengeance pour ses récentes humiliations et, sitôt la nuit tombée et la clairière enveloppée dans les volutes de brume, commença à ramper en direction de leurs rangs, essayant par diverses ruses de se faufiler à travers les lignes de sentinelles debout sur une patte, la tête repliée sous une aile. Mais, avant qu'il n'eût atteint le cordon de surveillance, un cri prolongé monta et leurs becs lourds comme des massues s'abattirent sur son échine.

Ecumant, frustré de sa vengeance, il s'enfouit dans sa litière et ne tarda pas à s'endormir.

La nuit tirait déjà à sa fin, la lune voguait au-dessus des arbres, les eaux frémissaient de scintillements incessants, les brouillards enroulaient leurs filaments d'argent autour des herbes et des fourrés, lorsque soudain, quelque part des bords de l'étang, jaillit la complainte d'une grue.

La forêt se figea dans son mutisme et son ravissement. Les luttes et les poursuites cessèrent immédiatement, les arbres s'immobilisèrent et s'abîmèrent dans l'écoute de ce chant infiniment nostalgique et rêveur qui, se dégageant du silence inviolé, les ensorcelait. Comme si une chose des plus sacrées, cachée au tréfonds de toutes les âmes, se manifestait à eux, les réveillait et les transportait.

Rex, sans même s'en rendre compte, rampant jusqu'à hauteur des vigies, se tapit dans les herbes et, tout ouïe, en oublia même sa propre sécurité.

Les grues occupaient les bords de l'étang, la tête enfoncée entre les ailes, et l'une d'elle, visiblement guide et barde à la fois, se dressait, la tête levée vers la lune, et chantait d'une voix syncopée et pourtant si mélodieuse qu'elle semblait composée d'éclats d'argent et de fragrances. Par moments la grue soulevait les ailes et, les mettant en mouvement, s'enroulait sur elle-même, effectuant une espèce de danse hiératique et chantant de plus en plus haut, avec de plus en plus de solennité et de nostalgie. Elle chantait les rhapsodies des lointaines, lointaines migrations contre le soleil couchant ! Des terres immenses, des montagnes touchant les cieux, des mers grondantes. Elle continuait en chantant les beautés des déserts dorés, des rivières bleues, des bouquets de palmiers et du soleil brûlant. Elle chantait les terres vides d'hommes et où toute créature vivait libre, heureuse et immortelle. Elle chantait des fables, entendues des aïeux, collectées dans les déserts, et arrachées à la nostalgie de cœurs affligés.

Rex frissonna, reniflant une odeur de loup : de dessous les pins clignotaient des yeux verts, les renards tournaient inquiets et, frappant le sol de leur queue, s'approchaient toujours davantage ; les lynx se pendaient aux branches. Même les répugnants sangliers arrivèrent toute une bande et restaient couchés, les groins braqués sur la lune. Une harde de cerfs, comme rivée au sol, avec une forêt de bois sur leurs puissantes têtes, prêtait l'oreille. Des nuées de volatiles recouvraient tous les arbres d'ensemencement et les buissons. Pratiquement tout le peuple sylvestre se pressait de partout et, dans une espèce de recueillement religieux, tout éveillé, semblait rêver des visions ensorceleuses de paradis perdus. S'estompait en lui le souvenir de son existence quotidienne — le souvenir des luttes, de la faim et des assassinats. Une immortelle nostalgie inspirait et unissait toutes ces âmes captives et les transportait dans la contemplation d'existences futures.

Le chef chantait, infatigable, parfois accompagné du claquement sec des becs, ou alors un cri plaintif s'élevait du milieu des rangs.

Avant l'aube, quand la lune se coucha et qu'un vent frais souffla des obscures profondeurs, la chanson s'arrêta et la clairière ne tarda pas à se vider. Les grues s'endormirent, les brumes s'étirèrent au-dessus d'elles en nappes blanchâtres, la forêt s'immobilisa dans le silence, et seul s'entendait de temps à autre le cri aigu des sentinelles sur la ligne des vigies.

Rex ne pouvait retrouver ses esprits. Incapable de tenir en place, sans arrêt tourmenté, il put à peine patienter jusqu'au lever du jour pour se précipiter dans les champs, en rase campagne. Il fonçait rejoindre les siens. Et un tel changement s'était opéré en lui qu'il évitait les lièvres effrayés. Il avait le cœur débordant d'amour et d'allégresse. Il aboya amicalement sur des perdrix rencontrées en chemin. Il se roulait dans les blés couverts de rosée. Dans les prairies des paysans, il déchira ses entraves à un cheval qui n'arrivait pas à se sortir d'un fossé.

« Direction le lever du soleil ! Direction le lever ! » — ces bribes qu'il avait entendues lui résonnaient aux oreilles.

Le miracle du soleil levant était justement en train de se produire. L'astre s'élevait, énorme et rougeoyant, signe visible de la grâce, œil sublime de la miséricorde sur le monde.

Naquit alors en Rex une pensée encore obscure, vacillante, mais qui ne le laissait pas en paix et le terrifiait par son insigne prétention. La pensée d'émigrer là-bas, où migrent les grues, vers ces terres bénies, vides d'hommes, où règnent liberté et bonheur.

Il traversait un village qu'il connaissait, les chiens l'accueillaient avec méfiance, découvrant leurs crocs çà et là, mais comme il grognait amicalement, ils le raccompagnèrent jusqu'en limite de propriété du manoir.

S'asseyant sur une borne séparative, dans un élan d'allégresse il jappa mystérieusement.

— Je suis venu sortir notre race de l'esclavage de l'homme. Préparez-vous. Que l'un de vous m'attende sur la colline en bordure de la forêt. J'exposerai cela plus en détail.

Il bondit soudain dans les blés, par la route arrivaient des attelages de bœufs, tirant de lourds chariots qui grinçaient, chargés de céréales. Les coups de fouet s'abattaient continuellement sur leurs échines.

Devant la cour sur la route il aperçut le vieil âne, un sac sur la tête, bastonné par des garçons qui le poussaient dans des fosses remplies de chaux. L'âne brayait à tue-tête.

— Ne te laisse pas faire ! Je vais t'aider ! — aboya-t-il, emporté par la colère et la compassion.

Et il lui déchira son sac. L'âne, rendu furieux par la douleur et son assistance, se jeta violemment sur les garçons, ruait, piétinait et geignait comme un portail rouillé.

Rex, sans attendre ses remerciements, s'introduisit furtivement dans la cour, dans la niche de Kruczek qui, effrayé, n'osa lui en interdire l'accès. Rex lui exposa ses intentions. Le vieux chien, après un assez long moment de réflexion, émit un grognement.

— Emmène-les tous, les hommes vont devenir fous de rage. Tous ne sont-ils pas pareillement rongés par la misère, le fouet et le travail !

— Toutes les cornes, tous les sabots et tous les groins ? — Une telle perspective le stupéfia. — Mais comprendront-ils et partiront-ils ? — Des doutes profonds naquirent en lui.

— Qui ne partira pas, qu'il crève sous le fouet, il lui faudra travailler pour ceux qui seront partis. Il faut leur exposer cela. C'est loin ?

— Au-delà des montagnes et des mers, là où les grues passent l'hiver, loin, loin…

Kruczek fit un bond à faire tinter sa chaîne et grogna avec colère.

— On disait que tu étais enragé, mais je vois que tu n'es que stupide. Fous le camp !

— C'est bien la peine de parler à une tête de sot. Sers du miel à un cochon et il préfèrera de l'eau de vaisselle car il ne connaît que cela. J'espère que tu n'auras pas à le regretter — l'avertissait-il, touché par son jugement.

— Fous le camp. Ils vont te voir et cela me retombera dessus. S'ils te suivent, moi non plus je ne resterai pas.

— Tu t'es tellement soudé à ta chaîne que la liberté te terrifie. Vous n'êtes même pas capables de vous révolter ! — déplorait-il, imitant le hibou.

— Ta perruche aussi a eu envie de liberté, elle s'est sauvée et hier on l'a arrachée à moitié morte aux faucons. Elle a les ailes brisées. Je l'ai entendue pleurnicher !

Il ressentit une ardente compassion en apprenant cela, il éprouvait du chagrin pour son amie. Il courut à elle, mais une jeune servante lui barra la route, le menaçant avec un bâton. Il la renversa et la malmena sérieusement, mais toute la courée accourut à son secours.

Il disparut dans les blés et, fou de colère, tournait autour des constructions, pas en cachette et de nuit, mais en plein jour, comme un véritable potentat, forçant à l'obéissance. Obsédé par cette grande idée, il s'y consacra corps et âme, de toute la force de son cœur ardent et de son tempérament violent. Rien n'existait plus pour lui en dehors de cet objectif grandiose. Les chiens crurent en lui et, lui obéissant en tout, l'adoptèrent comme seigneur et guide.

Il avait toujours une escorte à distance, pour le protéger et l'assister, choisie parmi les plus forts. On ne le reconnaissait plus, en effet, tant il s'était métamorphosé en liberté. Par sa masse énorme, son pelage et sa silhouette, il donnait l'impression d'un véritable lion. Et sa voix aussi était celle d'un lion, car lorsqu'il rugissait de colère toute créature s'aplatissait d'effroi ; il se nourrissait aux frais du manoir, sans leur demander leur avis. Il devint orgueilleux, arrogant et se vengeait cruellement sur ses anciens ennemis, ne pardonnant à personne.

Il se choisit comme résidence permanente une hauteur dans les prairies, en bordure de forêt, appelée « Palais » par les hommes. C'était un énorme tas de ruines, de murs démolis et de tours tombant en poussière, recouvert d'une dense végétation de coudriers, de bouleaux et de ronces. Là, dans une salle voûtée, à demi effondrée, mais abritant néanmoins de la pluie et des vents, il recevait ses acolytes, tenait conseil, et les missionnait dans tout le pays pour faire de l'agitation. Il avait l'habitude de siéger en hauteur, sur quelque tas de débris, scrutant les champs de ses yeux d'aigle, et dès qu'il apercevait quelque maltraitance — il se rendait aussitôt sur les lieux.

— Ne te laisse pas faire ! Défendez-vous ! — c'était le mot d'ordre que lui et ses camarades lançaient aux animaux tyrannisés par les hommes. Et cela produisait partout les mêmes effets.

Alors des choses bizarres commencèrent à se passer. Les chevaux à chaque coup de fouet répondaient par une ruade, les bœufs s'arrachaient de leurs jougs et disloquant chariots et charrues, allaient brouter le plus tranquillement du monde dans les blés ; les cochons se refusaient à quitter les champs de pommes de terre ; les chiens, une fois détachés, ne permettaient plus de se faire enchaîner ; même les stupides moutons emplissaient l'air de leurs bêlements de révolte. Seul le vieil âne, en dépit d'un essai concluant, n'osait se défendre davantage, et brayait de plus en plus plaintivement à chaque coup reçu.

— Puisque j'ai peur ! J'ai affreusement peur !

La révolte se propageait à une vitesse extraordinaire, car partout les chiens se mettaient du côté des lésés, se jetant sur les oppresseurs. Des luttes continuelles en résultaient, le sang coulait, les bâtons s'abattaient sur les échines, les coups de fouet sifflaient, les malédictions pleuvaient et les voix de ceux qu'on martyrisait se répandaient par tout le pays en une sinistre plainte de désespoir. Pas mal d'animaux succombaient dans cette lutte acharnée, mais beaucoup d'hommes aussi agonisaient, encornés ou piétinés sous les sabots. Le conflit s'exacerbait de jour en jour, car était arrivé le temps des moissons, des engrangements, des premiers labours, et chevaux et bœufs refusaient d'obéir. Les hommes en proie au désespoir attribuaient cette rébellion aux grosses chaleurs ambiantes et à quelque épidémie.

Rex écoutait les relations de ces évènements avec intérêt, et une imperturbable tranquillité. La certitude de la victoire lui dilatait le cœur. Il relevait fièrement la tête et, embrassant dans son zèle le monde entier, se prenait déjà pour son seigneur et maître. Et, pour accélérer l'arrivée du bonheur universel, il commença lui-même à parcourir villages et bourgades.

Il passa plus d'une nuit dans les écuries et étables paysannes. Plus d'une fois il dut s'enfuir devant les bâtons, mais il revenait obstinément et quand la lumière s'éteignait dans les chaumières, il s'introduisait tel le renard, et annonçait le jour proche de la libération. Il glorifiait ce bonheur avec la ferveur d'une foi inébranlable, mais en dépit de cela il l'avait très dure. Parfois on semblait l'écouter avec confiance, mais un silence sourd et apathique lui venait en réponse. Plus d'une fois se relevaient les lourdes têtes à cornes, leurs yeux lançaient des éclairs et les sabots frappant le sol se faisaient entendre.

— A la niche, cabot ! Laisse-nous dormir !

— Il a brisé sa chaîne et pense que c'est ça la liberté !

Un jour enfin, on l'écouta avec attention dans une étable et, passées de longues lamentations, tout en continuant à clapper, une vache lui répondit en marmonnant dans son demi-sommeil.

— Pourquoi faut-il chercher notre pitance si loin ? Et qui nous fournira de quoi boire chaud ? Qui nous approvisionnera en foin ? Qui regarnira le sol de l'étable de paille fraîche ? Et les unes après les autres vantaient la bonté de leurs maîtres et leurs formidables étables.

— Ils vous prennent votre lait et emmènent vos veaux en échange ! — grogna-t-il avec impatience.

— Ah les veaux ! Les veaux — se souvenaient-elles vaguement, prises d'une soudaine mélancolie.

— Et ensuite ils vous tuent et vous dévorent !

La terreur devant la mort fit trembler la masse de leurs corps, dans leur mémoire embrouillée apparut un fantôme à barbe rousse et des serres blanches qui leur ravissaient leurs enfants, leurs mères, leurs familles et les faisaient périr, si bien qu'un meuglement de terreur monta soudain tel un ouragan et courut d'étable en étable, jusqu'à réveiller le village entier et faire accourir les hommes avec des bâtons.

— Ne te laisse pas faire ! Défends-toi ! — aboya-t-il avec âpreté, bondissant dans le verger.

Mais les bâtons accomplirent leur œuvre, le silence se fit, interrompu par les gémissements de douleur.

Leur passive couardise le faisait enrager.

— Brise ma chaîne avec tes dents, tu verras ce que je sais faire !

— Sot ! — reprit une autre. — Je vais me jeter sur mon maître ? Sot ! — J'ai donné un jour un coup de sabot à ma maîtresse et je suis restée trois jours avec une mangeoire vide, trois jours.

Avec une patience condescendante, il reprit ses exhortations.

— Ils ne nous laisseront pas faire — l'interrompit l'une d'elles. — J'ai voulu passer en force dans les betteraves, ils n'ont pas voulu, j'ai essayé dans les choux, j'avais déjà brisé une clôture, et ils m'ont cassé une patte. Ils ne nous laisseront pas aller. A un chien ils permettent de courir où cela lui chante, car c'est quoi — un chien ?...

Elles se mirent à méditer la question, continuant à clapper et à meugler sporadiquement pour avoir leur pitance.

Par bonheur, dans les étables de taureaux il trouva d'emblée un autre accueil. Leurs yeux s'enflammèrent avec fougue, les petites têtes commencèrent à secouer leur chaîne, tandis que des mugissements rauques et saccadés faisaient trembler les murs.

— Conduis-nous ! Brise nos chaînes ! Nous en avons assez des étables, des jougs et des hommes ! Conduis-nous, les troupeaux nous suivront. Et qui se trouvera sur notre chemin, celui-là sera bon pour nos cornes et nos sabots !

Leurs meuglements tonnaient toujours plus fort, leurs sabots déchiraient le sol, leurs yeux lançaient des éclairs de rage belliqueuse, et leurs langues râpeuses léchaient amoureusement Rex.

Encouragé par une telle disponibilité, il commença à faire le tour des écuries. Il s'introduisait avec audace dans les boxes débordants de fumier, étroits et étouffants où l'on emprisonnait le ramassis chevalin venant de tous les horizons, au sein duquel la faim, le fouet et le travail avaient réduit tout le monde au rang d'esclave.

Mais il tombait aussi sur des rosses grassouillettes de presbytère, qui ne voulaient même pas l'entendre, car monseigneur leur donnait tous les jours un morceau de sucre ou de pain. Il y avait aussi de grasses juments de trait, ne rêvant que d'une auge remplie de pâtée avec des pommes de terre. Le reste, ce n'étaient que loques chevalines, sacs d'os brisés et de peaux usées, — haridelles boiteuses et rouées de coups jusqu'à l'os, aveugles, constellées de plaies purulentes, à la tête cadavérique, véritable gibier de potence, charogne agonisante, magnifique tableau de l'abjection humaine.

Quand Rex en avait fini — lui répondaient les larmes coulant d'yeux suppurants, de tragiques hennissements, pareils à des sanglots déchirants.

— Trop tard ! Il n'y a plus rien à faire pour nous, même plus d'espoir ! Demain, si ce n'est aujourd'hui, les loups vont nous déchiqueter et les corneilles nous lacérer ! Maudite soit notre vie !

Mais il lui arrivait aussi de retrouver dans les écuries de fermes plus importantes des reliquats d'excellence, dans lesquels se manifestait un sang noble, qui se laissaient emporter par les espoirs, dont les os écrouis se raffermissaient au souvenir de la vie d'antan, et où un arrière-goût de liberté s'avérait plus doux que celui de l'avoine.

— Conduis-nous ! Conduis-nous ! — hennissaient-ils avec force et, relevant fièrement leurs têtes étiques, inspiraient les souffles du vent dans leurs naseaux dilatés.

— Je me rappelle le vaste monde — hennissait un étalon chenu. — J'ai traversé les mers ! Je fouettais le sol de mes sabots ! Je faisais la course au vent ! Ni le fracas des canons ne m'effrayait, ni le sifflement des balles, ni l'éclat des fers de lance ! Nous disperserons nos ennemis sous nos sabots ! Et en dépit de l'essoufflement et de l'âge, il se ruait au-devant de la liberté.

Il y en avait encore d'autres, blanchis sous le harnois dans les manoirs et palais, dans les villes, que le sort avait précipités au tréfonds de la misère et de la souffrance ; on trouvait parmi eux des chevaux de course, vendus par leurs maîtres qui avaient fait faillite, et précipités avec eux dans l'abîme : il s'en trouva même un, un pur-sang anglais, boiteux et gonflé aux articulations, qui avait fait tourner un manège pendant des années, si bien qu'il ne savait plus marcher droit, et ne faisait que tourner en rond ; il devint carrément fou à l'appel de Rex.

— On entend sonner les cors ! Hop ! hop ! A travers-tout ! Plus vite ! Au galop ! — hennissait-il sauvagement, galopant à travers l'écurie exiguë et se cognant aux mangeoires et aux murs. Il redressait sa queue dégarnie, tendait les muscles de son échine et, secouant sa crinière, galopait continuellement en cercle.

Rex s'enfuit comme s'il avait affaire à un dément, et dans une des écuries suivantes tomba sur des carnes ordinaires, paysannes. Elles étaient vigoureuses et saines, habituées au travail et au fouet, malignes et un tantinet flémardes, capables au besoin de subsister ne serait-ce qu'en mangeant du chaume arraché au toit. Elles l'écoutèrent patiemment, tout en le reniflant soigneusement.

— Et que ferons-nous de cette liberté de chien ? — demandèrent-elles très froidement.

Avec enthousiasme il leur faisait miroiter les merveilleux mirages du bonheur à venir.

— Nulle part ils ne donneront gratuitement ne serait-ce qu'une poignée de paille hachée !

— L'homme aussi vous nourrit d'espoir : labourez, petits chevaux, on va terminer — et vous aurez votre bannette d'avoine.

— Gueulardes, rustres ! Mécréantes ! — grognait-il, fâché et déconcerté.

— Doucement ! Il n'y a que des poulains stupides pour partir crinière au vent dans le vaste monde ! L'homme est une fripouille, un tyran et un assassin, c'est sûr. Les coups de fouet, les souffrances, le dur labeur et la maigre pitance, on connaît. Mais qui nous nourrira en liberté ?

— Toutes les meules de foin sont à vous ! Tous les trèfles sont à vous ! Toutes les céréales sont à vous !

— Nous aussi on avait parfois cette impression, et ça s'est très mal terminé, à coups de fouet.

— Restez avec l'homme, quand tous l'auront quitté, il aura sur qui s'acharner ! Il vous en donnera de l'avoine, que vous en perdrez les dents !

Elles étaient malignes et prudentes, mais pas folles, et promirent en conséquence de se présenter à l'appel.

Rex retournait dans ses ruines, s'arrêtant uniquement çà et là pour rappeler l'heure et le lieu prévu pour le rassemblement, lorsqu'il tomba sur un énorme troupeau de cochons se gavant dans le champ de luzerne d'un manoir. Par habitude, il s'en prit aux malfaiteurs, mais s'adoucissant, il commença à leur sortir son couplet.

Ils se rassemblèrent, truies en tête, et l'entourant de leurs groins pointés en l'air, braquèrent sur lui leurs petits yeux gris, matois. Ils grognaient de temps à autre, piétinant d'une patte sur l'autre, se pressaient de plus en plus près, au point que leur odeur lui donna la nausée et que leurs groins aux crocs brillants commencèrent à l'inquiéter.

— Que veut-il, celui-là ? — l'interrompit brutalement un vieux mâle, énorme. — Il t'a manqué d'os à ronger et tu es venu nous soulever ? De quoi te plains-tu auprès des hommes ? Tu te goinfres à te faire éclater la panse ; tu te la coules douce, tu cours la gueuse des journées entières et où ça te chante. Que veux-tu de plus ?

— Le bonheur et la liberté pour tous les opprimés ! — hurla-t-il cérémonieusement.

— Et voilà ce qu'aboie un chien ! — se fâcha le verrat, — un chien qui, sur ordre de l'homme, mord, déchire et pourchasse ! Encore pire que lui. Il s'est sûrement entendu avec les loups et veut nous transformer en garde-manger ! On connaît ce genre de bienfaiteurs ! Moi, un des tiens m'a raccourci la queue et trucidé deux petits. Je lui ai ouvert le ventre. Contente-toi de surveiller tes boyaux et d'appeler les imbéciles à la révolte, mais n'approche pas des cochons ! Le bel esprit, qui ne comprend pas que sur les cochons reposent la vérité, la paix, l'ordre du monde et son progrès raisonné. Et l'homme en est le seigneur, car c'est la tête de tout ce qui est ! Lui pense, travaille et fait en sorte que nous ayons tous de quoi bouffer, que nous existions, toi avec ton esprit tu ne peux que nous conduire tous à notre perte. Le monde est organisé avec sagesse, chacun devrait rester à sa place et obéir à ce que l'homme lui commandera.

— Vous, il ne fait que vous dévorer, mais d'autres souffrent et endurent un calvaire pendant toute leur vie.

— Silence, ou je te fais sortir les tripes, et souviens-toi qu'on ne parle pas de la mort en présence des truies. C'est notre secret ! Une offrande volontaire en remerciement de l'existence de toute notre espèce. Va-t'en vite et ne croise plus notre chemin, imbécile de chien.

— Truies, porcelets, cochons et vous, la crème de la race ! — se mit

soudain à hurler Rex.
Un brouhaha moqueur recouvrit ses pathétiques aboiements.
— Chien sans collier, vagabond, voleur.
— Ta liberté ne vaut pas plus qu'un os rongé.
— Le misérable, il mord les mains qui lui donnaient son pain.
— Il veut nous chasser de nos porcheries et nous livrer aux loups !
— L'imbécile, il veut faire la guerre à l'homme ! — grouinait la foule exaspérée, le chahutant de ses groins et se pressant sur lui de plus en plus dangereusement. Il comprit que s'il s'opposait à eux en quoi que ce soit, ils le piétineraient et le réduiraient en bouillie. Et donc, se maîtrisant, il se mit à faire celui qui somnolait, dodelinait de la tête, chassait les mouches avec sa queue, et pour finir s'allongea par terre de tout son long.

Ils finirent par le laisser tranquille et comme le soleil de midi chauffait sans pitié, ils se dispersèrent dans les tranchées et les fossés, à la recherche de fraîcheur pour leurs grasses bedaines.

— Il y a trop de cochons en ce monde ! — pensait Rex en s'extirpant de cette compagnie. — Et ils ont du mal à relever leur groin vers le soleil ! — constatait-il avec une certaine tristesse, filant vers sa résidence. Cette péripétie qu'il venait de vivre ne le souciait pas, il était certain que la plupart le suivraient. Car l'idée avait déjà pénétré les masses et se répandait comme un incendie. Les souffrances immémoriales avaient préparé les cœurs à croire et obéir aveuglément à celui qui leur montrait la terre promise. Et à cette idée enthousiasmante s'ajoutait aussi cette certitude de granit que la vie en liberté c'étaient des années sans nombre où l'on ne faisait que bâfrer, se multiplier et se reposer. On lui rapportait que déjà éclataient des litiges et des disputes pour savoir qui aurait quelles parcelles pour se goinfrer. Il écoutait ces rapports avec une compréhensive condescendance.

— Ils commencent à s'impatienter, il faut se mettre en route au plus vite — se disait-il.

Depuis l'épisode des cochons, deux puissants chiens de berger ne le lâchaient pas d'une semelle.

Et plus tard se joignirent à eux toute une clique de solitaires ensauvagés et de vagabonds sans collier ; pour les nourrir Rex devait accomplir avec eux des raids dans les bois et dévaster ceux-ci sans pitié. Il réglait en même temps ses anciens griefs, qu'il n'avait pas oubliés, et dans sa rancune défiait au combat tout le peuple de la forêt. Il va de soi que personne n'accepta le défi, même les sangliers n'avaient aucune envie d'en découdre avec ces bandits délurés. Les carnivores, quant à eux, se défilaient avec ruse, se contentant de circuler à bonne distance, les entraînant mine de rien de plus en plus profondément dans la forêt. En attendant, toute la sylve devint la proie des agresseurs.

Pendant des journées entières parfois, on entendait des aboiements sauvages à travers toute la forêt, semant une panique mortelle. La horde féroce assassinait sans pitié et sans nécessité. Les râles des biches et des cerfs qu'on déchiquetait éclataient, venant de directions toujours nouvelles. Tout animal qui le pouvait soit se cachait, soit s'enfuyait dans les coins les plus reculés et les plus sauvages. La forêt se mourait de terreur, même les oiseaux chantaient plus craintivement et seulement la nuit, sous couvert de l'obscurité bouillonnaient plaintes et lamentations. Les hiboux, en particulier, hululaient sinistrement.

— La mort rôde ! Malheur ! Malheur ! Malheur !

— La liberté disparaît ! La forêt disparaît ! Le monde disparaît ! Malheur ! entendait-on sangloter avec effroi.

Les loups quant à eux, quelque part dans les profondeurs les plus invisibles et de plus en plus éloignées, ne cessaient de hurler, si bien que les chiens, emportés par leur folie belliqueuse et pas encore rassasiés de meurtres, de sang et de gloire, les poursuivaient avec acharnement, brûlant du désir de les rejoindre et d'en découdre.

— Ils fuient comme des lapins ! Honte à eux, à mort ! — jappait Rex, continuellement à leurs trousses.

Et ils galopèrent à en perdre haleine, furieux, écumants, presque fous, jusqu'au fin-fond de la forêt, là où il n'y avait plus ni routes, ni chemins, ni sous-bois, mais seulement une futaie séculaire, compacte et montant jusqu'au ciel, où les rayons du soleil ne pénétraient plus, et où régnaient d'éternelles ténèbres et un silence de mort ; où il n'y avait ni herbe verte ni fleurs, et où le sol était recouvert comme d'une pelade rousse et de croûtes blanchâtres, tandis que çà et là luisaient dans l'obscurité les yeux suppurants d'étangs. Les chiens ralentirent leur course, se glissant avec difficulté à travers les abattis d'arbres immémoriaux, les passages à sec et les amas de roches désagrégées. Un crépuscule verdâtre, comme au fond de la mer, où tout se faisait insaisissable mirage, les pénétrait de frayeur, si bien qu'ils se faufilaient la queue basse, reniflant l'air avec suspicion et s'arrêtant à chaque instant.

Les voix des loups s'estompèrent dans le lointain, seuls de temps à autre passaient au-dessus d'eux le cri d'un aigle ou le bruyant murmure des invisibles cimes des arbres.

Une odeur désagréable et inconnue alerta leurs narines.

— Stop ! De qui sont ces traces ? — s'inquiéta Rex, reniflant dans toutes les directions.

Les échines se hérissèrent, des crocs grincèrent çà et là. Beaucoup voulurent faire demi-tour.

— En avant ! Si l'ennemi est là, mort à lui ! — décida courageusement Rex.

Toute la bande se mit en mouvement d'un seul bloc, les truffes collées au sol, les oreilles dressées.

La végétation devenait moins dense, les rochers de plus en plus nombreux, la lumière pointait dans les profondeurs et se faisait plus abondante. Soudain se dévoila comme une grande clairière, dans laquelle se dressaient de gigantesques rochers blancs, tels des crocs acérés braqués vers le ciel, et d'énormes hêtres, comme formés dans du bronze verdâtre. Un ruisseau cascadait en gazouillant entre les pierres. De grands oiseaux noirs étaient perchés sur les rochers. Le chaud soleil de midi était haut dans le ciel.

Les chiens lapèrent de l'eau avec volupté et, vautrés dans l'herbe, s'allongèrent pour se reposer.

— On se repose et on rentre ! — décida Rex, sans cesser de renifler avec méfiance.

Tous s'endormirent, seul un des chiens de berger, tombant sur des traces inquiétantes, les suivit et, courant dans différentes directions, la truffe collée au sol, grognait de frayeur.

— Ce n'est pas un loup... je ne comprends pas... prenez garde ! L'ennemi n'est pas loin !

Soudain un rugissement puissant fit vibrer l'air.

Les chiens bondirent sur leurs pattes comme un seul homme, prêts au combat ou à la fuite.

Des ours traversaient le ruisseau sur des pierres dépassant de l'eau : devant marchait un jeune, pressant deux petits sur sa poitrine, suivi d'une femelle.

Les chiens, apercevant de tels monstres, encore jamais vus, reculèrent stupéfiés, avec des couinements plaintifs. Ils se regroupèrent en une masse compacte, grinçant des crocs et tremblants d'effroi. Rex labourait la terre de ses griffes, observant en frémissant cet ennemi inconnu.

Le jeune ours, une fois le ruisseau traversé, confia les oursons à la mère, qui se mit à les pousser de son museau et, regardant peureusement autour d'elle, les entraîna vite dans une cavité rocheuse recouverte de végétation, et lui-même, se redressant sur ses pattes de derrière et lançant un puissant rugissement, se dirigea lentement vers les chiens... Il était énorme, dépassant la taille d'un homme, le pelage roux avec une cravate blanche, et dans sa gueule ouverte brillaient des rangées de dents blanches.

Les chiens se mirent soudain à tourner nerveusement en rond, travaillés par l'envie de fuir, paralysés par la peur, et simultanément la colère et la rage leur arrachèrent des hurlements sauvages.

Seul Rex ne bougea pas de place, debout devant eux, tout tremblant d'une terrible soif d'en découdre. Il se ramassait pour bondir, se contractait, hérissait l'échine, rassemblait toutes ses forces, baissait la tête toujours plus bas, braquait sur l'ours ses yeux enflammés, et d'un seul coup s'écrasa sur sa poitrine comme une pierre. Le choc fut si inattendu et puissant que l'ours culbuta vers l'arrière tel une bûche. Il se remit sur pattes en un éclair, mais Rex ne se jeta pas sur lui, se contentant de tourner autour, de le harceler et de le mordre là où c'était possible, tant et si bien que l'ours se retournait de tous les côtés en rugissant, sans pouvoir l'atteindre de ses pattes.

C'est alors — comme sur un signe du chef, que toute la meute se jeta sur lui. Cent crocs et griffes se plantèrent dans sa peau, la lacérant sans pitié. Une lutte impitoyable se déchaîna. A chaque instant l'ours se dressait sur ses pattes de derrière et à chaque instant un chien volait dans les airs, retombant sourdement par terre, l'échine brisée et les côtes fracassées, tandis que les autres s'incrustaient dans le monstre avec d'autant plus d'acharnement.

Même les blessés luttaient jusqu'aux derniers soubresauts de la mort avec une telle hargne qu'il lui était impossible de se défendre. En vain se jetait-il avec une force terrible et un rugissement effrayant dans toute la meute et d'un seul coup de patte brisait les échines et tuait ; en vain mordait-il et étouffait, broyait sous ses talons, écrasait sous son corps et déchiquetait de ses griffes.

Les chiens ne cédaient pas. Et, tel un chêne malmené par la tempête, l'ours vacillait dans toutes les directions, déchiré par les crocs de la horde déchaînée. Il ne songeait pas à fuir, se défendant avec le courage du désespoir, mais il ressentit les crocs pénétrant ses entrailles, ses flancs qu'on écorchait, ses cuisses qu'on arrachait, ses côtes qu'on brisait, et, se relevant sur ses pattes dans un dernier effort, couvert de plaies et en lambeaux, ruisselant de sang, les yeux embrumés par un crêpe de mort, il luttait jusqu'à la chute finale.

Alors qu'il se relevait dans un ultime sursaut, Rex en un éclair lui sauta à la gorge, les deux tombèrent par terre, et les autres se ruèrent sur lui. Ils s'agglomérèrent en une inextricable pelote de griffes, de crocs, de têtes, de plaies horribles et de couinements, roulant dans l'herbe d'un côté sur l'autre, vomissant le sang, se fracassant contre les arbres, les buissons et les pierres, semant sur sa route cadavres et grands blessés.

Seuls les corbeaux dégringolant des rochers et des arbres circulaient de plus en plus bas.

Enfin explosa le dernier rugissement, rauque, de l'ours agonisant.

Rex lui arracha son cœur dégoulinant de sang et le dévora avec avidité, tandis que ses camarades, lapant le sang encore chaud, se repaissaient à volonté de sa viande encore frémissante.

Rex accéléra le mouvement de repli, observant avec crainte les rochers alentour.

Les chiens poussèrent un hurlement victorieux qui fit sangloter la forêt en écho, et filèrent sur le chemin de retour.

Sur le champ de bataille ne restaient que les cadavres des agonisants et un essaim de corbeaux, corneilles et faucons se précipitant sur le plantureux festin.

Bien qu'épuisés par leur lutte, ils fonçaient à en perdre haleine, abandonnant derrière eux les affaiblis et les blessés graves, rejoignant leur asile au point du jour.

Peu d'entre eux étaient revenus, les plus vaillants étaient morts au combat ou agonisaient en forêt.

— Victoire trop cher payée ! — couinait Rex, examinant les piteux survivants à peine en état de respirer, épuisés et vidés de leur sang. Il déplorait particulièrement la perte des deux chiens bergers, tombés tous les deux dès le premier assaut sur l'ours.

Ils se traînèrent tristement jusqu'à la salle voûtée, mais aucun d'eux ne réussit à s'endormir, car des bois leur parvenaient des clameurs sinistres. En effet, la nouvelle de la mort de l'ours se répandait à la vitesse de l'éclair : les oiseaux la chantaient aux oiseaux, les arbres la murmuraient aux arbres, et les vents la dispersaient, si bien que toute la forêt sanglotait et se lamentait dans sa détresse :

— Le maître a été tué ! Malheur à la forêt ! Mort aux assassins ! Mort à eux !

— C'était un seigneur. Un vrai roi ! — méditait Rex. Un frisson glacé le parcourut et, prêtant l'oreille à ces lamentations du peuple de la forêt, il pressentit que tous aspireraient à se venger sur eux.

— On ne peut s'opposer au monde entier ! — couina-t-il, tout alarmé, car les voix indignées affluaient en une vague toujours plus fiévreuse et violente.

En outre, le jour qui se levait était nuageux et venteux, et il avait par moments l'impression qu'avec le vent se levaient aussi les arbres, se propulsant en avant et, sifflant un farouche chant de guerre, se ruaient sur lui. Il se sentait si mortellement fatigué qu'il s'écroula sur sa litière et s'endormit mais il se réveillait sans arrêt, à chaque coup de vent un peu plus bruyant, car ce vent lui apportait les hurlements continus des loups, les croassements, et les rugissements des ours, au loin, tout au loin...

— L'un d'eux a été tué, mais combien en reste-t-il encore ? — Il finit par s'enfuir dans les champs pour trouver le sommeil.

Ensuite — quand il se fut reposé et un peu tranquillisé, il envoya des émissaires dans toutes les directions pour rappeler le jour du rassemblement dans les prairies des manoirs, en bordure de la forêt.

Cela devait se passer le dimanche, l'après-midi, quand les cloches des églises sonneraient.

Inquiet de toutes sortes de choses, il attendait ce moment avec la plus grande impatience.

— Vers la liberté ! A rebours du soleil ! Loin ! Loin ! — songeait-il en rêve et éveillé.

Il passa ces quelques derniers jours d'attente dans une crispante excitation. La fièvre le ballottait d'un endroit à un autre. Il tournait désœuvré au milieu des ruines. Il sortait à découvert dans les champs ou bien, s'enfonçant dans la végétation touffue, reniflait pendant des heures et guettait avec une inquiétude à peine maîtrisée. Pour mal faire, les nuits non plus ne lui apportaient pas de repos, car comme un fait exprès les chouettes et hiboux dans leurs arbres lui criaient de telles nouvelles de la colère de la forêt que le cœur lui défaillait et que la peur lui faisait claquer des crocs. Et le jour, les corneilles, s'élevant au-dessus des ruines, ne cessaient de croasser sinistrement. Quelque chose devait se passer là-bas dans les profondeurs obscures des forêts car ses émissaires, envoyés en éclaireurs, lui apportaient d'alarmantes nouvelles à propos de rassemblements secrets de loups et de renards. Il arrivait aussi qu'on aperçût des hardes de cerfs passant en courant à proximité des ruines. Et des sangliers s'étaient frayé des chemins jusqu'aux champs, à proximité également. Des nuées entières d'oiseaux rapaces semblaient surveiller les ruines, en décrivant constamment de grands cercles au-dessus d'elles. Et par moments résonnaient distinctement les échos d'impressionnants rugissements.

Il était convaincu qu'une grande expédition se préparait contre lui.

— Plus que deux soleils et deux nuits ! — se berçait-il d'espoir, se voyant déjà en tête d'innombrables troupes marchant vers l'est, vers la liberté.

L'avant-dernière nuit, fraîche et pluvieuse au point qu'il n'était pas possible de flairer le vent à deux pas, les loups firent entendre un cri de paix, à la recherche d'un accord.

Rex bondit sur un monticule de débris, dominant quelque peu le champ de ruines et plongea son regard dans les taillis scintillant de petites lumières verdâtres et bruissant de piétinements.

— Qu'est-ce que vous voulez ? — grogna-t-il fièrement.

Les loups traînèrent un gros morceau de chevreuil devant lui, et Kulas aboya humblement.

— Gloire au vainqueur et voici du butin.

— Qu'est-ce que vous voulez ? — répondit-il en grognant, étonné et flairant quelque piège.

— Nous venons te rendre hommage et apporter notre tribut ! — glapirent les renards, accumulant à ses pieds perdrix, faisans, et levrauts égorgés.

— Qu'est-ce que vous voulez ? — hurla-t-il, découvrant des crocs menaçants, si bien que Kulas sembla s'aplatir de peur et, rampant vers lui, émit des couinements implorants.

— Viens à notre secours, toi l'invincible, sauve la forêt !

— Vos affaires ne sont pas les miennes ! Continue ! — grogna-t-il avec bienveillance.

— O vainqueur ! Tu as tué un ours, un seigneur de la forêt, prends le pouvoir à sa place et défends-nous.

— Que craignez-vous ? Les ours, peut-être ? — cette angoisse cuisante le trahit.

— Pire que ça, les hommes font une grande battue, ils viennent depuis les grandes eaux, à cheval, en voiture, à pied, et avec eux il y a d'innombrables meutes de chiens. La mort et l'extermination les accompagnent. Ils tuent avec la foudre, exterminent avec le feu, attrapent avec des filets, et en particulier s'acharnent sur ma race — commença-t-il à sangloter, labourant le sol de désespoir avec ses griffes.

— Et ils persécutent les miens sans miséricorde, — pleurait le renard, se couvrant les yeux de sa queue.

— Une battue, en ce moment ? J'en ai fait jadis, mais c'était en hiver, après les neiges, et en suivant des traces.

— Ils ont déboulé maintenant sans crier gare et assassinent tout le

monde ! Sauve-nous ! Sauve-nous !
— Nous sommes innocents ! Innocents ! — glapirent à l'unisson les renards et les loups. — C'est pure méchanceté humaine, ils en veulent à nos peaux ! Ce sont des bandits et des voleurs, ils ne vivent qu'à nos dépens ! — se lamentaient-ils en pleurnichant.
— Le loup a vite fait d'incriminer l'agneau ! — se mit à rire le hibou qui logeait dans la tour. — Et qui a trucidé tout un troupeau de poulains ? Et qui a enlevé tous les agneaux de la bergerie ? Ils ont matière à se venger ! — hululait-il, dénonçant impitoyablement leurs péchés.
— Nous vivons selon nos lois ! Qui donc oserait nous l'interdire ? — bredouilla Kulas, rageur.
— Récite au loup une prière, et il préfèrera un gigot d'agneau ! — continuait à railler le hibou. — Et qui a ravi un rejeton d'homme devant la chaumière ? — reprochait-il, fielleux.
— Approche et répète-nous ça dans les yeux, édredon pouilleux, attrape-souris !
— Silence, grande gueule ! — gronda Rex. — Ça passe ses nuits à répandre des ragots par les bois ! Ça pérore à propos des lois de la forêt ! Loin de moi cet immonde fantoche !
Le hibou décampa en vitesse dans les bois, et Kulas put alors exposer l'affaire de la battue dans tous ses détails, brossant un tableau effrayant des meurtres et violences commis par les hommes.
— Ils ne reculent devant rien, je les connais bien ! Mais comment puis-je vous défendre ? — se prit-il à réfléchir.
Il se trouva une manière très simple, qui de plus flattait son orgueil.
— Donne à ceux des tiens qui aident les hommes le mot d'ordre de les quitter, et tout leur pouvoir partira en fumée. Que vont-ils faire sans chevaux et sans chiens ?
— Il leur restera encore la foudre ! Leur puissance est redoutable ! Ils sont capables de dompter les vents et atteler les eaux à leurs chariots ! J'ai l'ai vue, leur puissance ! Je les déteste, tout comme vous, je les déteste...
— O toi l'invaincu, à ta voix se soulèvera tout le peuple des champs, des chaumières et de la forêt. Ordonne, et toutes les cornes, tous les sabots, tous les crocs et toutes les griffes se rueront sur les bipèdes, les piétineront et les disperseront. Ils ne résisteront pas à notre déferlante ! Nous les exterminerons jusqu'au dernier ! Sauve la forêt. Sauve le monde de la peste humaine. Tu deviendras immortel. Les générations à venir chanteront ta gloire. Tu règneras sur tous les cœurs. Lève-toi,

commande et guide-nous, et tu verras une victoire telle que jamais personne n'en a encore observé. Conduis-nous à l'assaut de notre ennemi commun ! Nous l'exterminerons ! Que même sa mémoire périsse. Que son nom soit maudit pour tous les crimes dont il a souillé la terre — s'époumonait Kulas, en proie à une effroyable haine. — Il tue tout ce qui l'entoure ! Partout il est à l'étroit ! Il pollue les eaux, massacre les forêts et derrière lui laisse le vide, la mort et ces champs horribles, sans limites ! Nous n'avons plus où chasser, nous ne pouvons plus nous nourrir ! Les meilleurs des animaux meurent de faim ! Et maintenant il étend ses griffes rapaces sur la forêt, notre dernier refuge, nos tanières où depuis des siècles et des siècles ont toujours vécu nos espèces — sanglota-t-il, étouffé par le désespoir et la peur du lendemain. — La faim et la mort nous guettent ! Les élans ont déjà fui, ne pouvant plus se baigner en sécurité et se reproduire ! Les cerfs cherchent de nouveaux pâturages. Les chevreuils cherchent leur salut dans les champs. Les derniers blaireaux ont disparu, pris dans les fers. Même les ours ne sont plus assurés de leurs gîtes. Une extinction universelle, une extinction ! Conduis-nous, sauve la forêt ! Nous donnerons nos derniers crocs pourvu que les générations futures aient à nouveau au-dessus de leurs têtes le toit bruissant de la forêt, pour que leurs foyers tombent en poussière, et que leurs champs se recouvrent à nouveau de forêts. Sauve-nous ! — couinèrent-ils plaintivement, lui léchant les pattes et les flancs.

— Nous n'exterminerons pas l'homme — confessa-t-il avec une profonde certitude. — On ne peut embraser la nuit pour la rendre aussi blanche que le jour. Mais se venger — c'est le droit des lésés ! Je connais les bipèdes, c'est nu, misérable, sans crocs ni griffes, et pourtant plus redoutable que tout ! Ils ont une force incroyable dans leurs caboches ! On peut se révolter contre eux, mais rien à faire pour les vaincre. Et qui fraie avec eux finit obligatoirement par devenir leur esclave. Moi j'ai déjà brisé mes chaînes, et bientôt le reste du peuple des champs entrera en rébellion et me suivra ! — il leva fièrement la tête, ses yeux s'enflammèrent et, emporté par son idée, voyait défiler dans son imagination les tableaux d'une proche félicité.

Ils étaient déjà au courant, mais ce n'est qu'à la fin de son discours que Kulas jappa.

— Nous allons te jurer fidélité et te suivrons !

Il les regarda avec méfiance, mais leurs yeux brillaient d'une telle sincérité qu'il les crut.

— Mais à présent aide-nous ! Je vous guiderai aux endroits où il faut, je connais tous les passages. Je connais les lieux où ils bivouaquent. Nous les attaquerons de nuit, quand ils auront dételé leurs chevaux. Toi tu fonceras en premier avec les tiens, car les chevaux n'auront pas confiance en nous, ils nourrissent d'anciennes préventions à notre encontre. Nous te jurerons sur la lune fidélité et obéissance, mais sauve-nous.

Ils se tapirent dans les fourrés pour lui laisser le temps de la réflexion.

En vrai dire, il ne les crut pas sur toute la ligne, mais il décida de venir au secours de la forêt car cela lui donnait l'occasion d'assouvir sa soif de vengeance.

— Et les miens s'habitueront ainsi à attaquer l'homme sans crainte
— cogitait-il.

Convoquant quelques dizaines des chiens les plus vaillants des environs, il se mit en route avec eux à midi pile. Kulas conduisit l'expédition par des passages connus de lui seul à travers la forêt, les autres loups couraient sur les flancs. S'enfonçant dans les bois, ils s'y engloutirent totalement, courant dans le silence le plus profond, et seuls les faucons qui survolaient la forêt à leur suite, ainsi que les corbeaux, trahissaient leur cheminement. Ils se reposaient de temps en temps, confortés par les rapports que leur faisaient les loups et les renards. Ce n'est qu'au crépuscule avancé qu'ils émergèrent en bordure de la clairière rocheuse, bien connue de Rex, et s'y tapirent dans les fourrés.

La clairière, flamboyant de l'éclat des feux de camp et envahie de fumée, était plongée dans un brouhaha de voix d'hommes et d'animaux. La brise du soir faisait flotter des odeurs âcres de viande grillée. Les chevaux mangeaient leur avoine dans leurs musettes de toile, les chiens en liberté tournaient entre les chariots, jappant joyeusement et rongeant les os qu'on avait bien voulu leur jeter. Les chasseurs s'étalaient auprès des feux. D'énormes gigots de chevreuil rôtissaient, suspendus à des faisceaux de verges. On entendait s'entrechoquer les verres et brailler des chansons lestes. Tout le monde, en dépit de la fatigue de la battue, semblait rayonner de la sauvage allégresse de la chasse.

Rex, après avoir exploré le bivouac, lança le mot d'ordre déjà bien connu du peuple des champs. Les chiens couinèrent joyeusement et se turent, tandis que les chevaux, se débarrassant de leurs musettes de pitance, grattaient impatiemment le sol de leurs sabots. Toute la forêt s'immergea dans un sourd silence.

Le moment du combat s'approchait lentement et inexorablement.

Et lorsque les hommes, après avoir bien mangé et bien bu, se couchèrent pour dormir sous leurs fourrures, quand les feux non ravivés commencèrent à s'éteindre et fumer, tomba le commandement bref de Rex.

— Piétinez et dispersez ! En avant ! Pour la forêt, pour nos gîtes ! pour la liberté !

Les loups entonnèrent leur chant de guerre, si effrayant et provocant que la meute déchaînée par ce chant se rua sur le bivouac. Se produisit alors un vacarme inouï de hennissements et d'aboiements. Les chevaux hennissant furieusement ruaient dans les hommes et les feux, faisant voler des brandons dans toutes les directions. Les chiens ne le cédaient en rien aux loups pour ce qui est du courage ; ayant cerné la battue et les chasseurs, ils se jetèrent sur ces derniers avec des hurlements féroces. Les feux de camp piétinés s'éteignirent.

Dans le noir et sous l'effet de cette attaque imprévue, les hommes arrachés à leur premier sommeil couraient désorientés, ne comprenant pas ce qui se passait autour d'eux, fuyant dans la forêt ou criant à tue-tête et repoussant les assaillants, cherchant refuge dans les arbres et les rochers. Dans cette terrifiante confusion, rares furent les coups de feu, car les tireurs, dispersés par cette violente attaque et décimés, ne purent retrouver leurs fusils. Et le combat devenait toujours plus sauvage et sanglant. Les cris de désespoir déchiraient l'air. Les gémissements de ceux qu'on déchiquetait à vif se perdaient dans le vacarme assourdissant des aboiements, des hurlements et des hennissements. Ce n'est qu'après un certain temps que les hommes, reprenant leurs esprits, commencèrent à opposer quelque résistance. Çà et là on se battait seul contre toute une meute, se défendant seulement à mains nues. Les loups attaquaient furieusement, déchiquetant les hommes et les traînant à travers le champ de bataille. Un tireur, la tenue déchirée, le visage tailladé et tout entier couvert d'horribles plaies, se défendait avec un brandon contre toute une meute de loups. Un autre poussait des cris effrayants sous les sabots des chevaux. Et l'un d'eux avait enfourché un étalon de selle qui le trimbalait comme un furieux, le fracassant contre les arbres et les rochers. Un colosse de paysan, attrapant un loup par ses pattes de derrière, s'en servait pour pilonner ses attaquants. Pour finir, venant des hêtres et des rochers, se firent entendre des salves nourries, et à la lumière des coups de feu on pouvait voir grouiller chiens, loups et hommes, agrippés les uns aux autres et roulant par terre. Les chevaux fous furieux piétinaient indifféremment les uns et les autres.

Rex, avec Kulas à ses côtés, dirigeait toute la manœuvre, provoquait lui-même les attaques, prévenait des dangers, pistait ceux qui se défilaient du carnage, ou bien, faisant le tour des combattants, tonnait dans les ténèbres de sa voix léonine, redoutable, les encourageant à se battre.

Mais Kulas, ne pouvant réfréner sa cruelle nature, se jetait par moments dans le tourbillon des luttes les plus acharnées, et après avoir assouvi son éternelle soif de meurtres, revenait dégoulinant de sang, souvent avec un morceau de viande dans la gueule.

— Laisse-ça ! Tu ne vas tout de même pas bouffer de l'homme ! — le réprimandait Rex avec une inexprimable inquiétude.

Et quelque chose ressemblant à du chagrin lui ébranla le cœur. A vrai dire, il continuait à surveiller le déroulement du combat avec le froid et vigilant discernement d'un chef, mais sous le coup d'une soudaine répulsion envers les loups, il commença à freiner les siens et les ménager beaucoup.

— Tu veux vaincre avec nos carcasses, — grogna Kulas, que cela inquiétait sérieusement.

— Vous combattez pour votre liberté et votre existence, et nous seulement pour l'honneur ! N'oublie pas que nous vous aidons. Et si cela ne te plaît pas, je vais rappeler les miens — menaçait-il, découvrant ses crocs.

Kulas, que l'odeur du sang, les gémissements de ceux qu'on déchirait, mettaient hors de soi, se jeta derechef dans la bataille.

Rex, s'arrêtant çà et là à l'écart, s'absorbait avec toujours plus d'exaspération dans l'écoute des clameurs de la bataille. Ces voix humaines pénétrées de désespoir finissaient par lui faire mal, éveillant en lui de douloureux et torturants reproches. En vain fuyait-il devant eux, ils le poursuivaient sans relâche. Quelque part il tomba sur un homme se traînant jusqu'au ruisseau, — ce n'était plus qu'une épave de chair, de lambeaux et d'os écrabouillés, dégouttant de sang et gémissant archi-horriblement. Rex se souvint alors de son maître, qui un jour avait été blessé par des sangliers, — il l'avait retrouvé ainsi, se traînant à quatre pattes vers l'eau. Et donc, succombant à un bizarre accès de tendresse, se précipitant sur le blessé, il se mit à le lécher sur le visage et à hurler. Des loups accoururent et voulurent en finir avec l'agonisant, mais Rex les repoussa avec rage. Il n'en pouvait plus d'entendre les cris désespérés des hommes.

Maintenant qu'il regardait les vaincus qui se tordaient, impuissants, tels des lièvres, sous les griffes des loups, il déplora en couinant l'opprobre qu'ils subissaient. Il en oublia sa vengeance et sa haine.

Vibrèrent de nouveau en lui l'immémorial attachement à l'homme, une peur d'esclave face à sa toute-puissance, et cette curieuse solidarité de destinée. Par moments il sentait au plus profond de lui-même que c'étaient eux qui lui étaient les plus proches, qu'il devrait combattre à leur côté et périr en même temps qu'eux. Simultanément se renforça en lui la haine à l'encontre des loups et de leur immonde cruauté.

Déjà le combat se transformait en une chaotique et affreuse boucherie ; les cris de ceux qu'on dépeçait à vif s'élevaient de plus en plus forts. Les meutes dans leur folie meurtrière s'acharnaient sur les hommes qui succombaient de leurs blessures et d'épuisement. Les hurlements de triomphe se répandaient sur le champ de bataille en même temps que les craquements d'os brisés et les râles des agonisants.

Seuls quelques audacieux, échappés par miracle aux crocs, parvinrent jusqu'aux chariots et, se saisissant de haches, de piques et de fourches, se défendaient comme des lions, cernés par une bande de loups leur sautant dessus de tous côtés. Cette résistance inattendue et le scintillement des fers qui frappaient sans désemparer rendaient les assaillants encore plus furieux. Là-dessus, des balles se mirent également à siffler en provenance des arbres, frappant avec une cadence et une précision toujours plus grandes.

Rex, profitant de ce moment, poussa un hurlement pour interrompre les combats.

Kulas se mit en travers de son chemin et, lui sautant à la gorge, aboya furieusement.

— Traître ! Tu nous laisses tomber ! Mais nous, nous allons les étriper jusqu'au dernier boyau.

— Si tu as faim même de cadavres, bouffe-les ! Nous avons mieux à faire que d'égorger des hommes en train de crever. Rends-toi compte, tête de sot, qu'ils ont de quoi se défendre ! Vois combien ils ont déjà haché de vos charognards ! Tu les entends tonner !? Pas mal d'entre eux, aussi, ont fui dans la forêt, ils peuvent ramener du secours. A quoi bon vous acharner sur ces survivants ? Il est plus que temps de se retirer.

— En avant les crocs, les griffes ! Massacrez, déchirez, déchiquetez ! Massacrez ! — hurla Kulas déchaîné et, sans se soucier de la mise en garde, se jeta avec les autres sur les chariots.

— Aujourd'hui encore ils vont te faire la peau, bestiau — grogna Rex avec commisération, appelant les siens à cesser le combat et retraiter. Mais beaucoup de temps s'écoula avant qu'on ne l'entendît, avant que les chiens ne se retirassent de la lutte, et en particulier avant qu'on ne rassemblât les chevaux qui s'étaient égaillés. Entretemps une formidable lumière pointa dans les profondeurs de la forêt.

C'était comme si le soleil se levait, mais étrangement il semblait se lever en même temps aux quatre coins du monde, des clartés sanglantes filtraient des alentours et, jaillissant du sol, atteignaient jusqu'aux cimes des arbres, pareilles à des geysers enflammés. Le ciel était noir, sans étoiles, nuageux, les arbres immobiles, tandis qu'une sourde vibration se faisait entendre, de plus en plus intense.

Rex, reniflant une âcre odeur de fumée, fut paralysé par la terreur.

— Derrière moi ! A fond ! Derrière moi ! — hurla-t-il soudain et, en proie à une mortelle épouvante, se lança instinctivement dans la direction encore la plus sombre, avec derrière lui les chiens, mais les chevaux, qui avaient aperçu le feu, regagnèrent la clairière en hennissant, piétinant hommes et choses.

La clarté s'étendait, s'élevait et se rapprochait à une vitesse folle, déjà se voyaient les combattants — comme au travers d'une brume sanglante, déjà les arbres les plus proches noircissaient et grandissaient, et déjà çà et là les sommets rosis des rochers sortaient de l'obscurité.

Soudain les oiseaux se mirent à crier, le vent se leva et le feu sauta comme à la gorge de la forêt, des milliers d'éclairs dansèrent sur les énormes troncs noirs et, bondissant d'une branche sur l'autre, d'un arbre sur l'autre, explosaient dans les hauteurs, dévorant les ténèbres de leurs crocs sanglants.

Une couronne de flammes dansant au vent enserra la clairière. Celle-ci se fit ardente clarté ! La forêt s'enflamma d'innombrables torches. Une déferlante de flammes, de fumées et de craquements s'abattit sur les lieux. Le ciel se couvrit de lueurs couleur de rouille. Le feu fit mugir l'espace de son chant triomphal. Les monstres consumés commencèrent à s'effondrer en gémissant, faisant jaillir des fontaines de sanglantes étincelles, et au milieu de cet ouragan pouvaient à peine s'entendre les geignements désespérés des animaux et des hommes en train de périr.

IV

La nuit s'attardait, chaude et étoilée ; dans les villages au loin on entendait des coqs chanter. Le vaste univers reposait en paix, les champs et les bois respiraient le silence. Un voilage vaporeux flottait sur les terres, mer blanchâtre et assoupie s'étendant à perte de vue. Pas un oiseau pour chanter, pas un rapace pour se mettre furtivement en chasse. Les bois eux-mêmes avaient sombré dans un imperturbable silence. Le monde entier dormait d'un sommeil profond, apaisé, que même la rosée qui tombait ne venait troubler.

Seuls veillaient ceux des ruines, en bordure de la forêt.

Rex était assis sur un énorme tas de gravats, à ses côtés le Muet sommeillait et lui répondait de temps à autre par un bref bégaiement. Ils se comprenaient parfaitement.

— La dernière nuit ! — grogna Rex, comme s'il avait les yeux rivés sur le petit matin qui arrivait.

— Kruczek m'en a déjà parlé. J'étais si malade que je n'y ai pas prêté attention...

— Tu vas venir avec nous — décida-t-il résolument. — Tu pourras nous être utile.

— Je fais partie du camp des hommes ! Je ne suis pas fou, moi. Vous partez vraiment ? — Il ne pouvait encore y croire.

Rex était toujours plongé dans sa contemplation de ce petit matin qui approchait. Il grelottait intérieurement d'une joyeuse appréhension et d'un tranquille bonheur. Il ne pouvait même pas s'imaginer comment cela serait. Ses pensées le propulsaient dans l'avenir et le faisaient errer, terrorisé, au milieu de solitudes inviolées et d'incroyables visions. Il se projetait déjà sur les traces d'un rêve qui lui dilatait la poitrine.

— Nous allons nous mettre en route ! Nous irons vers l'est, à rebours du soleil, vers la liberté ! — exultait-il et, se redressant, reniflait longuement dans toutes les directions. — Il y a des loups quelque part, pas loin.

— Je pensais qu'ils avaient cramé.

— Kulas est un finaud, il a emmené les survivants par la rivière. Beaucoup ont péri, et le reste, bien qu'en se grillant le poil, a traversé le feu. Quant aux hommes, ils ont péri jusqu'au dernier.

— Pas vrai ! J'ai vu moi-même quelques rescapés, ils sont venus au manoir, racontant tout en détail, on a même pleuré sur leur sort. Ils rejettent toute la faute sur les loups. Ils ont dit qu'ils rassembleraient une armée et feraient une telle battue qu'il ne restera pas même une semence de loup. Au manoir aussi ils en veulent aux loups, car plusieurs des leurs y compris l'intendant ne sont pas revenus de la battue.

— N'aie crainte pour nos abattis — couina Kulas, s'étirant à côté d'eux. — Nous aurons plus vite fait de les égorger jusqu'au dernier. Qu'ils ne nous provoquent pas.

— Aboie-le leur ! — bégaya le Muet avec défi.

— Leur charogne puante a fini par nous dégoûter — grogna-t-il, le heurtant dédaigneusement de son museau. — Un rejeton d'homme ici ? — il lui découvrit ses crocs.

— Sous la protection de nos lois. Il ne lui tombera pas un cheveu de la tête — l'avertit Rex.

— Qu'il essaie seulement de s'en prendre à moi ! — menaça le Muet, faisant briller un long couteau.

Kulas lui arracha l'arme des mains, et appuyant dessus avec sa patte, grogna narquoisement.

— Mords-moi maintenant, morveux !

Le Muet, rapide comme l'éclair, lui saisit sa langue à la racine et bégaya :

— Vas-y, mords-moi, peau roussie ! Et si ça te chante, je vais encore te faire jaillir quelques étincelles !

Rex apaisa rapidement la dispute, si bien qu'ils se couchèrent côte à côte, comme si de rien n'était.

— Nous n'avons plus de patrie — gémissait le loup, remuant la langue avec difficulté. — Malheureux exilés ! Nous adopterons vos lois et vous servirons fidèlement. Nous irons où tu le commanderas.

— En chemin, ils pourraient surveiller le troupeau des bêtes à cornes — remarqua spontanément le garçon.

— Et par ici la bonne soupe ! — grogna Rex.

— Vous non plus vous ne vous nourrissez pas d'herbe — exposa clairement Kulas.

— Il ne manquera pas de viande ! N'en tombera-t-il pas suffisamment en route ! — trancha vite fait le Muet.

Le loup, après avoir léché le Muet de contentement, s'enfonça dans les fourrés pour faire un somme.

La nuit avançait inexorablement, les étoiles commençaient à pâlir, le ciel grisonnait.

— Et si tu revenais en grâce auprès de la maîtresse, comme avant ?

La question lui tomba dessus avec une telle force et si inopinément

que Rex tressaillit et qu'il lui fallut un bon moment pour répondre avec un grognement étouffé :
— Trop tard ! Ont-ils parlé de moi ? Non, j'en ai fini avec les hommes pour toujours. On ne ressuscite pas un mort. Même le souvenir de mon ancienne existence, je l'ai maudit. Je ne saurais plus vivre dans la servitude, aspirer aux grâces des hommes, et supporter tranquillement les outrages, la faim et la maltraitance. Tout le peuple des champs et des chaumières m'attend — tous les griefs crient vengeance de ma part, tout le malheur exige que je le transforme en bonheur. Je suis leur chef. Ils m'ont confié leur propre sort ainsi que l'avenir de leur descendance. Je les sortirai de la maison de la servitude, oui je les sortirai. Il est trop tard — gémit-il et, tombant tête contre terre, poussa un couinement sanglotant. — L'homme est mauvais, fourbe et déloyal ! Il ne peut vivre sans mentir, tuer et dominer les autres. Qu'ils essaient de vivre tout seuls car nous, nous pouvons nous passer d'eux. Nous avons une longue route à faire, mais au bout, la liberté nous attend !
— Si vous ne crevez pas de faim en chemin — bégaya le Muet avec mépris.
— Manque-t-il de champs et de meules, et de gibier sauvage ! La table est bien garnie.
— C'est vrai — se gratta-t-il la tignasse. — Mais lorsque viendront les grands froids, tomberont la neige et les pluies ?...
— Là-bas c'est toujours vert et le soleil chauffe toujours. Les grues connaissent ces pays bienheureux. Elles m'ont tout raconté et promis de nous indiquer la route. Elles doivent nous rejoindre.
— S'il y a là-bas de tels paradis, pourquoi viennent-elles chez nous ?
— Les vents aussi soufflent on ne sait où. Ont-ils parlé de moi au manoir ?
— Quand on a su que tu avais déchiré l'ours, la maîtresse elle-même a attrapé l'intendante pour t'avoir affamé et t'avoir obligé à fuir. Elle t'a beaucoup regretté.
Rex étouffa un furtif sanglot et se laissa aller à des méditations.
Le Muet, se glissant dans la salle voûtée, alluma un grand feu en faisant jaillir des étincelles et fit cuire des pommes de terre qu'il avait ramenées avec lui. Il partagea avec les chiens, et l'un d'eux, à sa grande joie, lui apporta en échange une oie bien grasse prise aux renards.
— Qu'est-ce qu'on va se mettre ! — marmonna-t-il et, après l'avoir vidée, enroba l'oie dans de l'argile et, l'ayant recouverte d'une épaisse couche de braises, la fit rôtir jusqu'à ce que l'argile fût bien cuite ; il en

dégagea alors une oie magnifiquement dorée et parfumée. Toutes les plumes étaient restées dans la glaise.

— Si l'on pouvait avoir au moins une fois le dimanche un morceau pareil, on ne courrait pas le monde à la poursuite du bonheur ! — confessa Kruczek en rongeant sa part avec gourmandise.

— Oui, pour les Kruczek cela serait suffisant — grogna Rex et, détournant le museau des odeurs excitantes, se replongea dans ses pensées.

Le Muet s'endormit à ses côtés. Mais ses paroles à propos du manoir avaient troublé Rex davantage qu'il ne voulait se l'avouer à lui-même. Il les avait avalées comme un appât épineux et ne pouvait l'extirper bien qu'il lui déchirât les tripes. Ce passé récent, et pourtant déjà si lointain qu'il pouvait à peine en ressusciter les contours, lui arrachait de la poitrine de silencieux sanglots de nostalgie. Alors il se gardait d'oublier les injustices dont il avait souffert, au contraire, il se les rappelait, les évoquant avec insistance en de longues et sanglantes litanies de griefs et de plaintes, mais en même temps se cristallisait en lui une espèce de respect craintif de l'homme. Dans ces moments de remémoration, les hommes grandissaient à ses yeux jusqu'à atteindre une puissance illimitée. Plus il s'éloignait d'eux, plus ils devenaient proprement formidables, pareils au soleil, aux montagnes, au froid et au ciel.

— Que sommes-nous à côté d'eux ? Que sommes-nous ? Un troupeau mu par une faim jamais assouvie, une colonie d'innombrables fourmis, défilant sous leurs pieds qui écrabouillent tout.

Il frémit devant l'abîme béant qui s'ouvrait soudain devant lui, exhalant une glaciale haleine de mort.

— Personne d'entre nous ne franchira jamais cet abîme ! Personne !

La tristesse de l'être mortellement lésé qu'il était, tristesse d'une grenouille levant les yeux sur un aigle passant dans les airs, lui comprima le cœur d'un désespoir glacé.

Et longtemps il chercha des raisons à cette cruelle inégalité. Il se rebiffait contre elle, comme s'il parlait au nom de toute créature maltraitée, au nom du monde entier. Jusqu'à ce qu'il lui semblât, à la fin, avoir trouvé le seul moyen de combler cet abîme.

— J'ai trouvé, je sais ! — il se persuadait d'un truisme. — Ils ne sont pas préoccupés de leur existence quotidienne, car des milliers de milliers de nos générations travaillent pour eux, ainsi que les eaux, l'air, le soleil, la terre et le monde entier. C'est la pierre angulaire de leur puissance. En leur enlevant leurs esclaves on met fin à leur grandeur. Ils deviendront plus misérables et plus désarmés que nous. Alors règnera une parfaite égalité ! — grognait-il triomphalement.

— Tant que tu n'enlèveras pas à l'homme sa raison — tu ne lui enlèveras rien, car il s'en sortira toujours ! — bégaya orgueilleusement le Muet en se rendormant.

Se dissipèrent d'un seul coup les arcs-en-ciel et s'écroulèrent ses constructions échafaudées avec tant de peine, si bien que Rex se sentit de nouveau misérable, créature éternellement lésée, se débattant en vain dans les chaînes de l'oppression humaine.

— Fuir au plus vite, et le plus loin possible ! — couina-t-il au travers de ses crocs claquant douloureusement et, plongeant le regard dans les abîmes célestes et les innombrables étoiles scintillantes, il oublia tout, au point de ne même plus sentir le loup qui avait pris ses aises à ses côtés.

Ils attendaient en silence l'arrivée du jour.

Et à la première lueur, lorsque du côté du levant les ténèbres commencèrent à se troubler et à s'ajourer, pâlir quelque peu, Kulas, inspirant une bouffée d'air, grommela faiblement :

— En route ! C'est encore loin.

Les corneilles, d'abord une à une puis par nuées entières, commencèrent à descendre des arbres et à prendre leur silencieux envol vers l'aurore naissante.

La nuit imperceptiblement se brouillait. Les champs semblaient s'affaisser, tandis que les arbres ressortaient de plus en plus distinctement, dessinant sur le ciel pâlissant des couronnes pareilles à des volutes de fumée. Au levant se dégageaient de l'obscurité des baies verdâtres, comme remplies d'eaux stagnantes et saupoudrées d'une cendre qui peu à peu se faisait incandescente, projetant de froids éclats de lumière. Le soleil déjà se manifestait.

— Les moutons arrivent ! Je sens les chevaux, beaucoup de chevaux, beaucoup — jappa le loup, remuant la queue.

— On dirait des chariots roulant sur un sol gelé — confirma le Muet sorti de son sommeil.

Et ne tarda pas à se faire entendre, atténué par la distance et tamisé par la rosée, le bruit de sabots, et un peu plus bas, quand l'aurore eut déjà embrasé tout le côté est du ciel, à la lueur du jour levant, se dessinèrent vaguement au ras du sol comme des nuages moutonnants, grondants de beuglements lointains et prolongés.

Rex, se ramassant prêt à bondir, tout tremblant d'impatience, plantait son regard enflammé dans ce lointain embrumé, jusqu'à ce qu'il aperçût les masses informes en progression ; alors il s'affala sur le sol, si épuisé et paralysé par un ineffable bonheur que — laissant reposer sa tête enfiévrée sur ses pattes, il respirait à peine à cause de l'émotion.

Kulas tournait en rond comme un automate, envoyait les siens aux renseignements, et hurlait sa joie sans désemparer.

— Cesse de chanter, lourdaud de rossignol, car tu vas finir par les effrayer — le gronda le Muet qui, allumant un grand feu à l'abri des ruines, y fit rôtir des pommes de terre et des petits oiseaux que lui avait rapportés Kruczek, son inséparable compagnon. Ce faisant, il sifflait, imitant tous les oiseaux.

Dans les sanglantes lueurs du jour levant, les noirs moutonnements se profilaient de plus en plus nettement, progressant de tous les côtés. On eût dit qu'un fleuve immense avait quelque part débordé de son lit et, mugissant sauvagement, inondait les terres. Et que le tumulte hargneux des vagues rompant leurs digues résonnait toujours plus proche et plus menaçant. Les beuglements, le chaotique vacarme des hennissements et des bêlements allaient crescendo, ce bruit de sabots se renforçait de minute en minute. Rex apercevait déjà les milliers de têtes à cornes, comme flottant sur l'abîme liquide. L'air commençait à vibrer et des souffles chauds lui parvenaient, tels des bouffées de vents brûlants. Une terrible tempête semblait se rapprocher, grondant sans arrêt et lançant sa foudre sans désemparer. La terre se mit à trembler, les arbres s'agitèrent et tous les oiseaux firent exploser leurs cris d'effroi quand les innombrables troupeaux se ruèrent à l'assaut des prairies en bordure de la forêt et émirent à l'unisson un gigantesque grondement.

Dans le même temps un soleil rouge, rayonnant, se leva au-dessus de l'abîme et illumina le monde.

Dans les brumes au ras du sol, embrasées par le soleil, ces innombrables troupeaux firent irruption les uns à la suite des autres, bêlant plus fort, au milieu d'incessants hennissements, beuglements et aboiements de chiens qui essayaient de maintenir un semblant d'ordre. Sans cesse explosait le grondement tumultueux des voix, sans cesse s'abattaient sur les prairies bordurant la forêt des pelotes floconneuses, pareilles aux embruns d'une mer démontée. Et avant que le soleil n'eût absorbé les ombres réfugiées dans les points bas, il en était arrivé des mille et des mille. A perte de vue, on ne pouvait apercevoir d'herbe, de blés, de buissons, mais seulement le balancement des cornes, des têtes, des crinières et des queues.

Et sur les traces des troupeaux volaient, bien haut, venant de tous les confins du monde, d'innombrables nuées de volatiles les plus divers. —

Elles ressemblaient à de lourds nuages couleur de plomb, par moments masquant le soleil, ou alors — donnaient l'impression de fleuves noirs, tempétueux, traversant de part en part les parties du ciel encore pâles ; ou bien, telles des traînées de fumée éparses, sans queue ni tête, décrivant des cercles, elles descendaient toujours plus bas avec des cris sauvages qui vous transperçaient. Pareilles à de sinistres nuages porteurs de grêle, elles se posaient avec un bruit sourd sur le sol ou dans les bois, si bien que les arbres commençaient à vaciller sous cette terrible tempête. Même les recoins les plus sauvages et reculés n'échappaient pas à cette fureur, et tout le peuple de la forêt, abasourdi par l'ouragan qui s'abattait, se terrait en gémissant à la mort. Il semblait, en effet, que la terre désaxée s'effondrait avec fracas.

Seul Rex, assis immobile sur ses gravats, contemplait sans sourciller le chaos qui se déroulait à l'entour. Il était tout entier embrasé, tremblant d'excitation, mais aussi calme qu'un roc au milieu des remous et des courants. Les rafales de regards enfiévrés déferlaient sur lui, telles une avalanche d'éclairs le transperçant de part en part. Des bouffées d'haleines brûlantes et les émanations de tous les sentiments et aspirations se concentraient dans son cœur. Il les absorbait, sentant naître en lui force, orgueil et confiance en soi. Et les beuglements, les bruits des sabots, les battements d'ailes, l'agitation désespérée des bois, dansaient au-dessus de lui en glorifiant sa puissance.

Tous s'étaient présentés, même les agonisants s'étaient traînés avec ce qu'il leur restait de force ; tout ce qui était larmes, souffrances et griefs, s'était rassemblé devant lui, le regardait dans les yeux avec amour, attendait ses ordres et lui témoignait une confiance illimitée.

Les chaînes brisées étaient tombées, l'ennemi séculaire était vaincu, les esclaves l'avaient emporté sur leurs tyrans, et à présent dans toutes les âmes ne vibrait que cette seule sainte clameur : liberté ! liberté ! liberté !

Rex ressentait cela, se plongeant doucement dans de profondes réflexions sur les étranges vicissitudes du destin.

Qu'allait faire l'homme maintenant ? Où étaient donc sa force et sa grandeur ? Que pesait-il face à cette immensité ? De la poussière, qu'ils disperseront sous leurs sabots et qu'ils oublieront. Ils oublieront qu'il a existé un jour et quelque part. Tout comme on oublie la faim une fois rassasié, la neige dans les grandes chaleurs. Il se retrouvera seul, nu et désarmé, pareil à un chiot arraché à la mamelle et jeté dans un fossé. Et il ne trouvera même pas de chien pour le lécher en s'apitoyant sur lui. Ils serviront de pâture aux corneilles et aux corbeaux. Les attendent la faim et un labeur immense, infini — songeait-il, vindicatif. — Qu'il règne à présent ! On ne se rencontrera jamais plus ! — pensait-il, et soudain un souci l'assombrit, quelque chose comme un sentiment de responsabilité commençait à poindre dans sa conscience réveillée. Et même — on eût dit une appréhension — s'agitait, ombre encore fugace, au-dessus de son âme rayonnante de bonheur. Il promena son regard sur ces masses incommensurables qui avaient abandonné, suivant sa volonté, leurs séculaires litières, leur existence, certes rude, mais assurée ! Cette foule d'innombrables affranchis allaient-ils pouvoir se débrouiller en liberté ? L'ouragan déracine les chênes et les disperse par la terre entière, mais pourra-t-il les replanter pour qu'ils continuent à croître et à verdir ? — Il retournait cela dans sa tête. C'est alors que Kulas se rapprocha et, se faisant tout petit, couina doucement :

— Seigneur, moi qui me jetais sur les hommes, j'ai les quilles qui tremblent !

Rex jeta un regard étonné sur ses yeux qui clignaient d'une peur démente.

— Il y a trop de cette viande sur pied ! Il suffirait qu'ils cèdent à une quelconque panique pour que nous soyons piétinés comme des vers de terre — geignait Kulas terrorisé. — J'ai déjà les flancs qui éclatent à cause de leur boucan. Et j'ai complètement perdu l'odorat à cause de ces infections. Des puants, ils vont empester le monde entier. Il est même honteux de régner sur de tels bestiaux. Toi l'invaincu, prends le pouvoir sur ma race, nous te jurerons fidélité et obéissance. Mes filles t'élèveront des petits. Laisse tomber ce bétail et nous irons chercher une nouvelle patrie. Qu'est-ce qui te rattache à eux ? Toi, qui as tué un ours. Toi, qui as part à l'intelligence de l'homme ! Ferais-tu descendre ta grande race des groins et des sabots ? Vas-tu bouffer de l'herbe en leur compagnie et lamper l'eau de pluie dans les flaques ? Toi, les premiers crocs de la forêt, tu aspires à vivre au sein d'un troupeau d'esclaves révoltés, avec de la charogne pour tous ? En vérité, tes ancêtres qui se mesuraient aux cerfs et aux sangliers vont pleurer — sur la disgrâce de leur descendant. Il est encore temps de faire machine arrière. Je connais tous les passages, nous nous esquiverons sur les côtés, nous abandonnerons les troupeaux à leur sort et — à nous le vaste monde, là où nous porteront nos pattes, là où nous humerons la bonne odeur des proies, là où notre volonté nous conduira. Nous trouverons des forêts encore plus vastes, où il y aura de la bouffe par-dessus les crocs, et où l'homme est encore inconnu. Que te faut-il de plus, seigneur ?

— Le bonheur pour tous. Tu ne peux comprendre ça, lape-sang inassouvi — grogna Rex dédaigneusement.

— Je comprends que nous sommes perdus — gémit-il désespérément.

— Cela nous est pénible, seigneur, mais il nous faut suivre notre chemin, celui de nos aïeux ! Nous ne pouvons être esclaves de la folie...

— Va-t'en ! — grogna-t-il en colère. — Laisse-moi et souviens-toi que la forêt ne te protègera pas de ma vengeance. Tu es venu à moi volontairement, et maintenant la peur te fait fuir ! Traître, te cacherais-tu dans des terriers de renard que les miens retrouveraient ta trace, et les corneilles t'en sortiraient par les oreilles ! Choisis ! Tu me seras utile ! — tonna-t-il péremptoirement.

— Grâce ! Nous t'obéirons — hurla Kulas, lui léchant humblement les pattes.

— Tu surveilleras les arrières et activeras les traînards par tes hurlements.

— Comme il te plaira, seigneur. — Mais ce qui tombera en chemin sera à nous ? — dit-il en se pourléchant les babines de sa longue langue.

— Pour toi vivre c'est seulement se bâfrer, chercher à se remplir la panse.

— Et c'est quoi pour toi ? C'est quoi pour ces bestiaux ? Et même pour l'homme ?

Rex, ne trouvant pas de réponse, sauta en bas dans les ruines, tel un automate, et rejoignit le Muet pour profiter des pommes de terre cuites et des restants d'os. Le garçon, après lui avoir donné à manger, s'apprêtait à partir.

— Où vas-tu donc ?

— A la maison. Toi tu vas courir le monde avec les tiens, alors moi aussi je vais retrouver les miens — ronchonna-t-il avec défi.

— Tu me seras très utile. Reste, tu sais faire du feu et tu possèdes un couteau. Reste — le priait-il cordialement.

— Je suis un homme et n'ai rien à voir avec vous. Il vous a pris l'envie de partir dans le monde, alors allez-y, la queue au vent. Tu as envie de faire l'intendant du bétail, alors fais l'intendant. Je dis seulement que ton règne ne durera pas. Les hommes en auront vite assez de votre plaisanterie. Vois comme ils ont piétiné les champs. Attends-voir qu'ils arrivent avec des bâtons. Du sang va couler en quantité et des os vont craquer. Stupide — celui qui pense que les hommes peuvent rester sans bêtes. Tu étais plus malin au manoir. Les bestiaux se sont révoltés et ils pensent

mettre le monde entier cul par-dessus tête. Bâfrer, tous en sont capables,
— il jeta à nouveau un regard sur les blés aux lourds épis — mais tous
ne sont pas capables de semer !
Il se releva, fâché, et voulut gagner la sortie des ruines.
— Arrête, sinon j'ordonne aux loups de te déchirer et d'amener tes
abattis au manoir !
Le Muet blêmit, devinant une affreuse colère dans ses yeux.
— Laisse-moi. Me suis-je un jour opposé à toi ? — pleurnicha-t-il,
effaré.
— J'ai dit. Un jour, lorsque nous serons arrivés, je te relâcherai, —
promit-il avec bienveillance.
— Je crèverai de faim auprès de vous. Je ne vais pas bouffer de
l'herbe avec le bétail ! — bégayait-il dédaigneusement.
— Tu ne manqueras de rien. Les chiens s'occuperont de toi, tu vas
même engraisser.
— Sûrement, je vais manger de la viande crue et siroter du sang frais !
Je ne pourrai marcher aussi loin, voyons.
— Tu monteras un étalon du manoir ! Et maintenant hors de ma vue !
— entendant cet ordre strict et n'osant répliquer, il se chercha un endroit
à l'ombre des murs et essaya de dormir. Il ne put même pas fermer l'œil
en raison du danger de sa situation. Ne cessant de pleurnicher et se frottant le nez avec sa manche, il se mit à réfléchir et échafauder des moyens
astucieux pour se libérer. Comptant essentiellement sur sa connaissance
du langage de toutes les créatures pour assurer le succès de son évasion,
— il jeta un regard sur les champs pour repérer le chemin le plus sûr, et
fut pétrifié à la vue des troupeaux recouvrant la terre et continuant toujours à affluer.
Le soleil approchait du midi, il n'y avait pas de vent, les ombres
s'étaient contractées et du ciel pâle, en feu, se dégageait une chaleur si
brûlante que les troupeaux, après avoir mangé ce qui restait des blés et
de l'herbe piétinés, se couchèrent pour se reposer.
— Quand nous mettons-nous en route ? — s'adressa-t-il soudain à
Rex, toujours assis à sa place.
— Quand la chaleur sera tombée, avant le soir, quand sonneront les
cloches des églises.
Le Muet se retira en bordure du bois, sous les énormes chênes aux
grosses branches pendant très bas.
— J'attendrai dans l'arbre — se dit-il, rusé. — Ils ne me trouveront
pas ! Ils pourront toujours me lécher quelque part en guise d'adieu !

Qu'ils viennent donc me chercher, les loups ou les chiens ! — raillait-il, ayant repéré l'arbre le plus haut, et fut soudain paralysé par la peur. Sur les branches, en effet, sommeillaient d'énormes aigles, des faucons, des faucons hobereaux, et des nuées de volatiles les plus divers. Et il en allait de même partout où il portait son regard. Et par terre, à l'ombre des arbres, s'étalaient loups, chiens et renards. Tout ce monde dormait d'un sommeil vigilant, dans lequel on sent et sait ce qui se passe alentour — prêt à attaquer et à fuir.

Le garçon, reprenant son calme, commença à imiter les voix de différents oiseaux. Des jars sauvages lui répondirent de quelque marécage proche, des corneilles lui croassèrent prudemment en retour, même un faucon abusé se mit à huir de concert avec lui, mais un hibou, reconnaissant l'artifice, fâché d'avoir été dérangé dans son somme, hulula dangereusement depuis une cavité d'arbre.

— Kulas, débarrasse cette charogne d'homme ! Il est capable de duper la forêt entière.

Le loup s'approcha sans faire de bruit, mais le garçon, sentant son souffle chaud sur sa nuque, se retourna brutalement et lui fit jaillir des étincelles de feu devant les yeux.

— Approche, compère boiteux ! Plus près ! Je te barbouillerai de feu le museau et tu plairas davantage à ta femelle ! — se gaussait-il et, enflammant des feuilles sèches, les balança sur le loup.

— Suppôt de Satan ! — s'étrangla Kulas, reculant d'un bond devant le feu et la fumée.

— Et vous aussi, je vous chasserai de là-haut en vous enfumant comme des abeilles ! — lança-t-il, menaçant, aux oiseaux, rajoutant sur le feu des brindilles humides de résineux, si bien qu'une étouffante et âcre fumée, s'élevant en panaches noirs, enveloppa les chênes.

Les oiseaux effrayés s'enfuirent dans des arbres plus éloignés, et le hibou, se démenant dans son trou, hulula plaintivement :

— Maudit rejeton d'homme ! J'étouffe !

— Tu vas encore envoyer les loups me courser, espèce de vieille baderne bigleuse ! — l'invectivait-il méchamment et, caché derrière un rideau de fumée, le Muet grimpa au sommet de l'arbre, s'installant le plus confortablement dans les branches.

— Sur un étalon, je paraderais comme le maître — souriait-il béatement et s'assoupit.

V

Le temps s'écoulait dans le sablier incandescent du soleil ! La terre entière se figea dans la fournaise de midi. La chaleur torride empêchait de respirer et baignait les peaux de sueur. Les haleines brûlantes absorbaient les dernières gouttes d'humidité ! La terre desséchée se mourait de soif ! Pas la moindre petite feuille ne s'agitait. Pas la moindre voix ne se faisait entendre. Le ciel était en suspension, enveloppé d'une taie blonde, calcinée. Ses radiations, d'un vague azur, à peine visibles, ardaient au-dessus des champs. L'air n'était plus qu'un brasier sec, dévorant. Un silence recuit pesait d'un poids incommensurable. Tout semblait fondre, se liquéfier et vibrer dans l'infini. Un poudroiement de feu dévorait toutes les couleurs. Toute énergie volait en éclats, comme brisée à coups de marteau. Les âmes aussi défaillaient d'impuissance. Les cœurs flétrissaient, tels des feuilles palpitant de leurs dernières forces. Seul le soleil au zénith de sa puissance, caché dans les turbulences de son propre brasier, fonçait imperturbablement sur la voie de sa destinée.

Rex, comme statufié dans des laves enflammées, se tenait assis en hauteur, au sommet d'une tour tombant en ruines, dominant fièrement les bois. Des aigles venaient s'y reposer lorsqu'ils allaient voler aux portes du ciel, et des chouettes y nichaient.

Une moitié du monde se découvrait à ses yeux. Des terres à perte de vue, comme brodées de toute la splendeur d'un fertile été, se relevant progressivement vers l'est, jusqu'aux confins que blanchissaient des montagnes enneigées : de nombreuses rivières, brillant de leur glaçure de pur argent, y dessinaient leurs sinuosités ; les infinies arabesques des arbres bordant les routes grises, les verdoyantes étendues de forêts, les lacs tout en longueur, palmiformes, ourlés de sables jaunes, les blonds champs de céréales, piquetés de meules ; les villages blancs faisant miroiter les vitres de leurs fenêtres au milieu des vergers ; les cimetières en prière, tendant vers le ciel les bras de leurs croix ; les manoirs s'étalant au milieu de leurs grands parcs, les églises faisant jaillir leurs clochers élancés de leurs couronnes de rondins et de la verdure, des éminences rocheuses, chauves, erratiques ; des bourgades ressemblant à des taupinières démolies ; et de ci de là, telles des grues en faction, des usines aux cheminées rouges pointant vers les hauteurs. Sous la haute coupole du ciel terne, dans la vibrante atmosphère des heures méridiennes, tout ce monde visible tremblotant dans un halo de pâle dorure se découvrait à la vue comme mort ; immobile, silencieux, et presque dépourvu de couleurs, pareil à un gobelin défraîchi et poussiéreux.

Le soleil était déjà à mi-course entre le midi et le couchant quand sonnèrent les cloches des vêpres. Peu à peu se répandit leur hymne solennel, céleste, comme arraché aux cœurs et aux aspirations de toute la création. Leur chant était sublime, grandiose, et leur prière d'adoration montait toujours plus haut, au-delà du soleil et des cieux, là-haut jusqu'aux pieds de l'Eternel !

Et simultanément, comme en accompagnement, des champs et des bois, des plaines, comme sorti des profondeurs de la terre, éclata le meuglement, terrible de puissance, de toutes les bêtes, secouant violemment les arbres, arrachant un déluge de feuilles, et soulevant des nuées de volatiles.

A peine ces meuglements s'étaient-ils tus que les loups se mirent à hurler sans désemparer, plaintivement et longtemps.

— Vers le levant ! Vers le levant ! Vers le levant !

Les troupeaux s'ébrouèrent en direction des lointains sommets montagneux, dessinant une ligne bleue au levant.

Ils avançaient en silence et droit devant eux, à travers les champs cultivés et les friches ; à travers les villages et les villes ; à travers les bois, les rivières, les prés et les marécages. On eût dit qu'un invisible volcan avait vomi un énorme fleuve de lave brûlante, qui coulait avec un grondement sinistre, sans s'interrompre le moindre instant — car là où il était passé ne restaient que des pierres, des squelettes d'arbres et une steppe nue, piétinée. Et la mort.

Régulièrement, on ne sait pourquoi, des troupeaux en marche s'arrachait comme un chant d'une inextinguible mélancolie et d'une force si redoutable qu'il faisait s'écrouler les maisons, s'abattre les arbres réduits en charpie, tomber les croix au bord des routes.

La terre tremblait sous le lourd piétinement des sabots à des milles à la ronde.

C'était comme si toutes les forces terrestres s'étaient coalisées en une puissance encore jamais vue en ce monde.

Rex chevauchait en tête, sur un énorme étalon noir comme la nuit, derrière lui il y avait le Muet, tambourinant joyeusement de ses pieds nus sur les flancs de son cheval. Derrière eux suivait à perte de vue un convoi de juments, poulains, et hongres, entouré d'étalons ; les vaches suivaient sous la conduite des taureaux ; suivaient les lugubres bœufs, et sous leur garde les innombrables troupeaux de brebis avec les béliers sur les côtés.

Tout au bout avançaient les cochons avec les vieilles truies à leur tête.
Les chiens étaient à tous les endroits nécessitant de l'ordre et de la discipline.
Les loups fermaient la marche, stimulant de leurs hurlements et de leurs crocs les retardataires.
Et derrière tout ce monde traînaient encore des bandes de rapineurs de tout acabit, parmi lesquelles évoluaient les cohortes rousses de renards, de martres et de belettes.
Ils marchèrent sans répit jusqu'à la nuit noire, la fatigue et l'émotion les firent s'écrouler sur place pour se reposer, sans même ressentir ni faim ni soif.
A l'aube, ils mangèrent tout ce qu'il y avait dans les champs, les meules, et même dans les fenils, vidèrent les rivières jusqu'aux fonds boueux et se remirent en route. Ils progressaient déjà avec beaucoup moins d'allant, mais avec le même furieux entêtement et, les yeux rivés sur les lointains sommets montagneux, avançaient irrésistiblement toujours plus loin, vers le levant, vers la liberté.
Et les jours se succédaient, dans l'effort et l'indescriptible tourment d'une chaleur torride.
En vain les cloches de toutes les églises sonnaient-elles le tocsin ; en vain les hommes essayaient-ils de contenir cette tempête qui dévastait le monde, en vain lui barraient-ils le chemin, creusant des tranchées dans les champs, inondant les vallées, incendiant les forêts et multipliant les remparts hérissés de pointes — les phalanges avançaient avec la même impassibilité, n'ayant cure de la mort et des blessures reçues lors du franchissement des obstacles. Cela ne faisait qu'exacerber leur fureur à l'encontre des anciens tyrans, éveiller en eux le souvenir des injustices et le sentiment de la liberté, si bien qu'ils se projetaient vers l'avant avec un meuglement de colère, remplissant les fosses de leurs propres cadavres, éteignant les incendies de leur propre sang, garnissant les vallées de leurs carcasses.
Et leur fleuve continuait à couler en une vague irrésistible, gigantesque.
Les hommes en désespoir de cause firent intervenir l'armée, s'efforçant de briser et contenir cette terrible attaque au moyen de canons et de fusils. Se déchaîna une bataille impitoyable. Les canons grondèrent toute la journée, labourant dans les rangs des troupeaux de profonds et longs sillons. Les salves de fusils pleuvaient en une grêle drue et mortifère. La fumée recouvrit la terre et le soleil. Les gémissements des agonisants

fusaient vers le ciel. Une complète confusion en résulta : la fumée, les éclairs incessants des coups de feu qui résonnaient comme des coups de foudre, les gémissements déchirants et les meuglements des égarés au milieu de cette mêlée, étaient si effroyables qu'on commença à avancer, reculer, tourner en rond et se piétiner l'un l'autre. Le sol se couvrait d'un tapis de cadavres de plus en plus épais, les canons tiraient avec une précision toujours plus grande et une cohorte de géants bûcheronnait avec des haches terrifiantes.

Alors Rex, parcourant tel le vent le champ de bataille sur son étalon noir, hurla un chant sauvage, de mort ou de victoire. Lui répondit un meuglement de haine, fougueux, enflammé, à la suite duquel les phalanges, en un mur compact, sourd et aveugle — chargèrent.

Ce qui restait de l'ennemi détala en désordre et paniqué, se cachant dans les arbres, les hauteurs et s'enfermant dans les villes fortifiées. Toute l'humanité fut saisie d'un épouvantable désarroi.

Les troupeaux victorieux, épuisés par la peur et l'incertitude des combats, s'étalèrent sur les champs de bataille, indifférents et sourds aux râles macabres et aux meuglements des agonisants. Çà et là encore, des groupes dispersés de taureaux, de truies, de loups et de chiens déchiquetaient les hommes qu'ils rencontraient, s'acharnant sur eux avec fureur. Sur des milles et des milles, en long et en large, aussi loin que la vue pouvait porter, apparaissaient des têtes à cornes, des groins, des crinières et des queues qui se balançaient, parmi lesquels s'alignaient de gigantesques amoncellements et levées de cadavres, de blessés et de mourants. Une horrible boucherie, qui rejetait dans les rivières, les mares et les lacs, du sang coagulant déjà à l'air libre. Les lambeaux déchirés, sanglants, des dépouilles jonchaient le sol, enfoncés par les piétinements dans la boue souillée de sang. Les canons renversés et encore chauds gisaient tels des requins morts, entourés de corps déchiquetés d'hommes. Mais de ces amoncellements et des fosses, des fourrés, des tranchées, des herbages et des ruines de fermes, surgissaient parfois des corps mutilés d'animaux et d'hommes, perdus et hurlant leur horrible souffrance — hurlant à la mort.

Le Muet en eut le cœur brisé mais, pris de honte, marmonna :

— Trop de barbaque, le soleil va chauffer tout ça et le monde entier va empester.

— Les équarrisseurs ne vont pas tarder. Et Rex remua l'oreille en direction du ciel.

— Des nuages de grêle ou quoi ? Ça va dégringoler, doux Jésus ! —

la peur fit frissonner le Muet.

— Ecoute ce que racontent ces nuages ! — il dressa les deux oreilles et pencha la tête.

Comme sorti de dessous le soleil, tout là-haut, venant de ce nuage noir, volant à une vitesse folle, commença à descendre un sifflement confus, comme celui d'une tempête grossissant à vue d'œil, et se muant de plus en plus distinctement en un affreux vacarme aviaire. Une nuée de rapaces se mit à tournoyer au-dessus des troupeaux, occultant le soleil de leurs ailes déployées ; tourbillonnant comme des feuilles emportées par un ouragan, elle commençait à se déchirer et laisser passer la lumière par des crevasses d'où se déversaient des flots turbulents d'aigles, de vautours, de corbeaux, de corneilles et de faucons. En un instant, tout le champ de bataille se recouvrit d'un enchevêtrement de plumes et plongea dans un furieux vacarme de piaillements. D'innombrables ailes battaient sans désemparer, d'innombrables serres et becs rapaces se mirent à piocher avec acharnement, lacérer, écorcher et dévorer.

La peur s'empara du troupeau et, couvrant le bruit des ailes et les chœurs sinistres des croassements, commencèrent à sourdre des meuglements effrayés, les moutons en particulier firent entendre des bêlements inconsolables, s'agglomérant dans leur terreur en de compactes mêlées. Une panique générale menaçait, susceptible d'éclater à n'importe quel moment, car ces becs inassouvis frappaient à l'aveuglette, ne distinguant pas dans ce tumulte les vivants des morts, si bien que plus d'une échine pissait le sang et plus d'un groin devait se défendre face aux serres.

Les loups non sans mal réussirent pendant un moment à intimider les assaillants, et Rex en profita pour conduire les troupeaux chamboulés quelques milles plus loin, en un endroit encore indemne de piétinement, abondant de nourriture, d'opulents villages, de vertes prairies et de cours d'eaux argentés, au piémont des montagnes, encore lointaines mais dressant toujours plus fièrement leurs cimes enneigées dans l'azur du ciel.

— On va attendre les grues ici, elles ont promis de nous guider à travers les montagnes et au-delà, vers le levant.

— Elles vont arriver d'un jour à l'autre, le moment de leur migration approche — marmonnait le Muet qui, ayant pris possession d'une maison abandonnée, faisait cuire sur un énorme feu de la mangeaille pour lui, Rex et Kruczek, son inséparable compagnon, lequel se prélassait dans un lit sous un énorme édredon.

— Alors, qui l'emporte ? — grogna Rex, s'étirant comme jadis auprès du feu. — Les hommes aussi, on peut en venir à bout ! — se vantait-il, se chauffant les flancs.

— Tout bestiau est plus fort que l'homme, mais ils vous ont quand même étrillés que ça fait peur !

— On ne compte pas ceux qui sont tombés pour la liberté ! — grogna fièrement Rex en réponse.

— Notre destinée est de vaincre ou mourir ! — jappa Kulas, apparaissant sur le seuil.

— Tu as engraissé comme un porc au cours de ces combats, — le Muet lui donna un coup de pied dans sa grosse bedaine.

— Tout pouvoir se nourrit de ses administrés — hurla Kulas, se pourléchant la gueule pleine de sang.

— Tous ont droit au bonheur — aboya Kruczek, sortant le museau de dessous l'édredon. — Tous sont égaux ! — roula-t-il des yeux avec défi.

— Je suis donc égal aux moutons ? — grogna Kulas. — Que l'un d'eux se présente ici et essaie de me bouffer, alors je te croirai. Des ânes savants ont radoté des fables à propos de l'égalité, d'autres ânes les ont crus, tout comme à propos du bonheur. Pour toi le bonheur c'était un os jeté de la cuisine du manoir, pour le cheval une botte de trèfle, ou une mangeoire pleine d'avoine, quant à moi-même un troupeau de poulains ne me suffisait pas, où est l'égalité là-dedans, espèce de roquet ! Tes maîtres t'ont appris à aboyer n'importe quoi. Tu ne comprends pas qu'eux aussi vivent selon leurs lois, que pour eux aussi une seule chose compte — c'est de vivre.

— Qui naît doit mourir, le reste c'est du vent — grogna Rex dédaigneusement, s'attaquant à une grosse écuellée de viande et de pommes de terre que le Muet avait posée devant lui.

— Ça pue trop l'homme ici ! — s'ébroua Kulas, décampant devant la maison.

— Petit prétentieux, imbu de ses crocs et de ses griffes — grommela le garçon, mangeant dans la marmite.

Kruczek attendit humblement les restes, et quand tous eurent mangé, un lourd sommeil les terrassa.

La nuit tomba, mais ils ne dormirent pas longtemps car des beuglements et des grouinements terrorisés retentirent.

Rex sauta sur ses pattes, le ciel tout entier devant lui était ensanglanté de lueurs d'incendie et les troupeaux effrayés se dispersaient dans toutes les directions. L'énorme forêt brûlait, des panaches, noires volutes de fumée, tourbillonnaient au-dessus de leurs têtes. Les arbres brûlaient comme des torches, les crépitements faisaient vibrer l'air.

Des troupeaux complets de moutons bêlant affreusement et bêtement se pressaient vers l'incendie. Les chevaux hennissaient.

— Ils veulent nous griller comme des lardons — opina le Muet, se frottant les yeux. — Ces charognes d'hommes, comme ils se défendent et nous assaillent. Ils n'ont pas fini de nous rentrer dans le lard — s'adressa-t-il à Rex, mais celui-ci sauta sur son étalon et fonça pour calmer les animaux effrayés.

La forêt brûla longtemps pendant la nuit et des fumées de plus en plus épaisses cachaient la terre derrière un nuage suffocant.

Ils venaient à peine de se rassembler au petit matin dans la chaumière démolie qu'un nouveau vacarme surgit.

Quelques dizaines de chiens bergers bruns, puissants, hurlant à tue-tête comme des forcenés, encerclaient et poussaient devant eux un groupe de bipèdes.

— Mes gens ! Jésus miséricordieux, ce sont des hommes ! — s'alarma le Muet, pétrifié de terreur.

— Dans les bois se sont réfugiées devant la chaleur des mères avec leurs agneaux — elles ont péri ; des juments avec leurs poulains — elles ont péri ; des vaches et des truies avec leurs petits — elles ont péri. Ce sont eux qui ont allumé le feu qui les a tous dévorés, et contre nous — qui les défendions, ils ont lancé leur foudre. Beaucoup des nôtres sont tombés. Nous réclamons vengeance pour eux. Vengeance ! — hurlèrent lugubrement les chiens bergers.

— Pourquoi ne pas les avoir vengés vous-mêmes ! — grogna Rex énervé.

— On nous a commandés seulement pour garder et rassembler, c'est à toi de juger, toi notre seigneur et maître.

Les hommes presque nus, noircis par l'incendie, dégouttant de sang, à demi inconscients, regardaient hébétés, n'attendant rien d'autre que d'autres tortures et la mort.

— Sauvez-vous dans les arbres ! — bégaya soudain le Muet, ému à leur vue.

Ils ne comprirent pas, ouvrant de grands yeux sur les foules d'animaux qui se pressaient autour d'eux.

Kulas accourut tout écumant, bavant, ses yeux verts lançant des étincelles.

— Arrange-toi avec eux à ta façon ! — ordonna Rex.

Kulas hurla son cri de guerre, les chiens de berger s'écartèrent et il se créa un vide au milieu duquel se regroupèrent les hommes. Ils chuchotèrent quelque chose entre eux, leurs regards balayaient un cercle alentour, se portant de plus en plus souvent sur les grands tilleuls qui se dressaient derrière la maison, mais avant qu'ils ne se fussent décidés, le sol retentit de la course d'une meute de loups déchaînés qui se jetèrent sur eux.

Un cri déchirant fusa vers le ciel et après un moment il ne resta plus que des reliefs ensanglantés.

— Tu leur as ordonné de fuir dans les arbres ! — grogna Rex menaçant, lorsqu'ils se retrouvèrent seuls.

Le garçon braqua sur lui ses yeux bleus, impavides, et sortit en même temps son long couteau affilé.

— Tu es avec nous et tu veux aider nos ennemis ?

— Pourquoi les as-tu fait déchirer par les loups ? — dit-il d'une voix pénétrée de chagrin.

— Tu l'as entendu ! Ils pouvaient se défendre ! Ne me regarde pas comme ça ! — Rex s'apprêtait déjà à lui sauter dessus.

— Tu es le même bestiau enragé que Kulas ! — explosa le garçon, se réfugiant dans la chambre sous l'édredon, où Kruczek tenta de le calmer en le léchant amicalement, mais, ayant reçu un coup de pied, il tomba par terre tandis que le Muet, s'enfouissant dans le grabat, éclata en sanglots convulsifs. Il pleurait sur le sort des hommes. Son âme se réveilla en lui et l'infortune humaine lui secoua le cœur. Bien que comptant moins pour eux que son compagnon Kruczek, il perçut dans ses bourreaux des frères de sang. Jusqu'à présent il ne s'était reconnu aucun point commun avec eux. Le hasard et l'alcool l'avaient engendré, l'infamie l'avait déposé à la porte de la cuisine du manoir, et la misère, la maltraitance et le mépris avaient été ses nourrices.

Tout un chacun donnait des coups de pied et lésait cet être disgracié, repoussant et laid : de figure il ressemblait à un bouledogue, avait les jambes torses, des poils roux sur une tête enflée comme une citrouille, des mains descendant jusqu'au sol comme un singe, un coassement de grenouille en lieu et place de voix, seuls ses yeux étaient d'une beauté extraordinaire, d'un bleu céruléen, rayonnants et intelligents. Rejeté au plus bas, au milieu des animaux domestiques, il s'était attaché et lié à eux, comme faisant partie de leur famille. Ils lui laissaient volontiers la prééminence, reconnaissant sa supériorité sur eux. Et ce n'est qu'au cours de cette migration commune qu'il commença à se sentir étranger, et même ennemi. Même Rex, il le voyait à présent d'un œil tout autre, car d'un point de vue humain. Et l'idée de fuir germa dans son esprit.

— Comprends-le, les hommes nous gênent — Rex passa la tête à l'intérieur de la chambre. — Il nous faut donc les éliminer.

— Attends, tu vas encore implorer pour qu'on te donne le quignon de pain réservé aux mendiants, espèce de roi des chiens.

— Pourquoi n'es-tu pas resté avec l'âne ? Vous auriez fait une belle paire.

— Celui qui se commet avec des raclures ne tarde pas à se faire bouffer par les cochons — répondit-il en pleurnichant.

— Monte à un arbre et vois si les forêts ne brûlent pas devant nous. Les oiseaux s'enfuient de là-bas et il flotte une odeur de brûlé — ordonna-t-il.

— Envoie-donc les corneilles, qu'elles voient — regimbait-il, se hissant néanmoins hors de son grabat.

— Plus vite, rejeton d'homme, tant que je suis bon ! — grogna Rex avec impatience.

Le garçon grimpa tel un écureuil sur un arbre d'une hauteur immense, et de ses yeux de faucon capables de voir à des milles, se mit à crier.

— La forêt brûle, le feu avance dans notre direction, mais il ne passera pas, de vastes marécages font obstacle.

— Va falloir les contourner. Qu'y a-t-il au-delà de la forêt ?

— C'est jaune, peut-être des sables, peut-être des blés, et beaucoup de petites montagnes.

— Ne parle à personne de ce feu ; les troupeaux s'effraient de n'importe quoi, et notre route est encore longue.

— Quand partons-nous ? — le Muet se laissa glisser au bas de l'arbre.

— Les grues doivent nous faire traverser les montagnes, elles peuvent arriver d'un moment à l'autre.

— D'ici quelques jours tout sera bouffé jusqu'à la racine. Sur l'arbre on ne voit que des champs piétinés et dans les rivières et étangs il n'y a que de la boue. On arrivera bien jusqu'aux montagnes sans les grues.

— Je cours inspecter les prairies — et Rex partit, escorté d'énormes chiens de berger.

Le Muet, quant à lui, sifflant pour appeler Kruczek, partit se balader dans la bourgade où ils prenaient leurs quartiers. Les maisons blanches, au milieu de jardins, quelques-unes à étage, dans un fouillis de fleurs, étaient désertes, sans portes ni fenêtres, avec çà et là des murs défoncés, pleines de meubles démolis, et affreusement salopées par les loups, les chiens, les cochons et pillées de la cave au grenier. Dans les vergers il ne restait que des troncs brisés, et dans les potagers une terre nue, piétinée.

Des nuées de pigeons effarouchés divaguaient sur les toits rouges et dans les grands arbres en bordure de route.

Le Muet, armé d'une hache qu'il avait trouvée, se mit à fracturer un garde-manger fermé, des armoires et un cellier, et trouva une telle quantité de nourriture de toute sorte, que ce fut suffisant pour toute une meute convoquée par Kruczek. Les pains et le lard furent particulièrement appréciés.

— Vous en avez déjà marre de la barbaque crue et du sang chaud ! — se moquait-il, tout en essayant des chaussures qu'il avait trouvées. C'étaient ses premières chaussures, il les caressa, les couvrit de baisers, et, le cœur battant de joie, les enfila. Puis il se trouva un costume rouge, lui aussi taillé exactement à sa mesure et à sa forme, si bien que, après s'être débarrassé de son pantalon de tissu grossier et de sa chemise, il s'en revêtit et siffla.

— Tu ressembles au rejeton du maître — aboyait Kruczek, le reniflant de partout.

— Et pourquoi serais-je pire ! — brailla-t-il fièrement, se regardant dans un miroir. — Est-ce toi, Bâtard ? A moins que ce ne soit ton jeune maître, Trouvaillon ? Ou peut-être un des héritiers, Crapaud ? — il évoquait ses sobriquets dont il avait gardé la mémoire, minaudant devant le miroir et ne pouvant reconnaître sa propre personne dans ce garçon magnifiquement habillé de rouge et chaussé de chaussures neuves. — Et peut-être est-ce toi-même, Muet ? — et il se le prouvait en accompagnant ses mouvements, que le miroir reproduisait fidèlement.

— Ha ! ha ! ha ! Le singe ! Ha, ha, ha ! — se mit à rire quelqu'un, comme venant des profondeurs du miroir.

Il donna un coup de pied au miroir qui vola en éclats, mais le rire continuait à résonner. Sur l'armoire perchait un étourneau, il se jeta sur lui avec colère, mais l'oiseau s'envola par la fenêtre et se posa sur un grand arbre, continuant à distiller de loin son rire moqueur, insolent.

— Que peut comprendre un tel bestiau ! — siffla-t-il avec sa voix, mais l'oiseau ne se laissa pas avoir.

Le Muet lui balança un caillou et s'en fut visiter les maisons suivantes. Il poussait des cris de joie, y découvrant des choses qu'il n'avait fait qu'entrevoir à travers les fenêtres du manoir, ou en rêve.

Il dévorait cela avec les yeux d'un ineffable bonheur, s'affalait dans les canapés, se vautrait sur les lits et les tapis, se regardait dans les miroirs, essayait des costumes, s'habillait de vêtements féminins, se prélassait dans de profonds fauteuils, tapait des poings sur des claviers et foulait avec volupté des tas d'oreillers, d'étoffes de satin et de linge. Ayant assouvi son plaisir, il se choisit un coutelas dans un étui avec ceinture, un révolver, un petit licou pour son étalon, une chaude et épaisse chabraque et, insigne trésor, une magnifique cravache, tout à fait pareille à celle dont il recevait parfois les coups sur l'échine de la part du jeune maître. Il rentrait dans ses quartiers, ployant sous le poids de son butin, quand il aperçut à travers la vitrine brisée d'un magasin un cheval à bascule. Il était aussi grand qu'un veau, blanc harnaché de rouge, avec un vrai pelage de cheval. Il l'observa, pétrifié, le souffle coupé, stupéfait, et avec une joie sans borne finit par sauter dessus, l'encourageant avec des clappements et des tapes sur l'encolure, lui labourant les flancs de ses talons, le cravachant et se balançant frénétiquement. On eût dit qu'il était devenu fou — tant il criait, pleurait et riait tour à tour. Il se couchait sur l'encolure du cheval et fermait les yeux : il lui semblait galoper à tombeau ouvert, au point que le cheval en avait les tripes remuées et que le vent lui sifflait aux oreilles. Et il volait éperdument par le vaste monde, toujours plus vite, toujours plus fougueusement.

Cette cavalcade finit par le fatiguer, il sauta à terre, donna une tape amicale au cheval et, comme s'il reprenait soudain ses esprits, eut un mouvement de recul et pensa, honteux :

— Mon Dieu, que je suis bête. J'ai pourtant un véritable étalon ! Et se vengeant de sa propre bêtise, il fracassa le cheval et le jeta par la fenêtre. Il revint mécontent de lui-même et, promenant son regard sur le magasin, fut saisi d'une espèce de peur religieuse, comme s'il se retrouvait au pied d'un autel. Dans une grande vitrine reposaient sur des étagères des poupées habillées, de différentes tailles, des ours blancs et bruns, des chevaux, des pantins et des petits moutons, et également quantité de sabres, de petits fusils, de tambours, de trompettes et des milliers de merveilles qu'il voyait pour la première fois. Il se signait et se frottait les yeux, n'en croyant pas son propre bonheur. Il dévorait ces prodiges d'un regard de feu, retenant sa respiration de crainte qu'ils ne se dissipassent comme des brumes ; il regardait et des larmes lui coulèrent d'émotion et d'émerveillement.

— Doux Jésus, quelles petites merveilles ! — il sanglota d'une joie indicible.

Dans un coin du magasin, dans une petite vitrine à part, se trouvait une poupée de la taille d'un enfant de cinq ans, brunette aux yeux d'un bleu profond, au teint mat et pâle, les lèvres couleur de sang, les cheveux lisses avec une raie au-dessus du front, le visage allongé, presque sévère et ravissant. Elle portait une robe jaune et rouge, et de petits souliers verts. Il eût juré qu'elle était vivante et, s'approchant d'elle, bégaya quelque chose. Elle sourit ! Il se mit à suer et la peur lui serra la gorge, il devint tout chose d'appréhension. Il s'écarta quelque peu, elle le suivait des yeux, ses cheveux se hérissèrent, il n'osait bouger, respirer, son âme se désagrégea, saisie d'une crainte religieuse. Il tomba à genoux et, les mains jointes, lui adressa sa prière, sanglotant de ravissement et d'adoration, bredouillant d'une inexprimable extase.

Surgit Kruczek et vas-y que je t'aboie et bondis pour essayer d'attraper sa robe.

— Sur qui aboies-tu, bestiau ? — se fâcha-t-il, le saisissant par la peau du cou. — Sur qui ? — et il lui administra une telle raclée avec sa cravache que le chien décampa en couinant plaintivement, comme ébouillanté.

— Ce n'est qu'un stupide chien ! Et il n'aboyait pas méchamment, non ! — justifiait-il son compagnon et, s'approchant, presque involontairement lui prit la main.

— Maman ! Maman ! — gazouilla une petite voix enfantine et elle lui tendit les bras.

Sans savoir quand ni comment, il rejoignit ses quartiers, où justement Rex tenait conseil avec Kulas et les Chiens de berger ; il s'enfonça dans son grabat, enfouissant la tête sous l'édredon, et retrouva petit à petit ses esprits, s'affranchissant de la mortelle frayeur qui l'avait fait fuir.

Au crépuscule il raconta toute son aventure à Rex.

— Elle doit être vivante, elle m'a parlé, m'a tendu les bras, m'a regardé — l'assurait-il solennellement.

— A une pareille j'ai mordu un jour une guibole et il en est sorti de la sciure.

— Avise-toi de la toucher, et je te ferai sortir les boyaux — le menaça-t-il, lui faisant briller son coutelas devant les yeux.

— Range ce croc et cesse de criailler ! Les grues arrivent, les aigles l'ont crié ! — il le renifla. — Tu as changé de peau. Je te dis, elle n'est pas vivante, j'ai eu de la peine à en retirer mes crocs, et de plus ça puait.

— Que peux-tu bien savoir des affaires humaines — bégaya le Muet avec une suffisance hautaine et s'en alla se coucher sur son grabat, mais ne trouva pas le sommeil, pensant à la poupée et aux dangers qu'elle encourait du fait des chiens et des loups, et en particulier de Kruczek qui pourrait l'égorger pour se venger.

Il se leva en sursaut, ne sachant quelle attitude adopter. Il sortit devant la maison, regarda la lune, tendant l'oreille, et quand les troupeaux finirent par se calmer, au point que seuls de temps à autre résonnaient des mugissements ensommeillés ou les aboiements des chiens de garde, il sortit son coutelas de son étui et s'en fut en courant.

La nuit était claire, silencieuse, c'était la pleine lune. La poupée se trouvait comme il l'avait laissée, immobile, les yeux grand ouverts, immergée dans l'éclat argentin de la lune. Il hésita longuement, et finissant par surmonter son appréhension, il la saisit dans ses bras et la serra contre son cœur. Il se passa alors quelque chose qui vous figeait le sang dans les veines — elle lui entoura le cou de ses petits bras, et de ses lèvres coulèrent quelques sons silencieux, magiques.

Il se posa devant la maison, et malgré une peur terrible, ne se libéra pas de son étreinte et, l'écoutant avec une attention accrue, se tranquillisa quelque peu. Il comprit qu'elle lui parlait une espèce de langage bourdonnant d'abeille.

— Je ne comprends pas ton langage ! — gémit-il désespéré, appuyant son visage enfiévré contre sa poitrine.

Une mélodie délicieuse, enivrante, jaillit à nouveau, rappelant le parfum des jasmins par une chaude nuit de printemps ; ou bien la vibration de la lumière de la lune, ou encore l'écho du lointain appel d'une âme se débattant dans les lourdes chaînes de la chair. Et elle lui enchanta le cœur telle un son de cloche oublié, au point que des rêves soudain réveillés lui arrachèrent une plainte languissante.

— Ma petite maman ! — ce cri saignant ruisselant d'un sourd chagrin jaillit du fond de sa poitrine, tandis que d'amères et brûlantes larmes lui rongeaient les yeux. Les injustices, brutalement réveillées, lui arrachèrent des sanglots et la douleur, à coups de marteau impitoyables, commença à lui forger une âme à figure humaine. Il ne savait ni d'où cela était venu, ni pour quelle raison cela le tourmentait ainsi. Après tout cet épisode, lui restèrent au cœur une infinie tendresse et le désir d'épouser la cause des faibles, de leur porter secours et d'épancher sa débordante sensibilité.

La musique cessa et la poupée était couchée, les yeux fermés, un pâle sourire aux lèvres.

— La demoiselle dort ! — s'attendrit-il, l'emportant avec précaution dans ses bras, comme un petit enfant.

Il la déposa sur son grabat, la recouvrit de l'édredon, et veillait, son coutelas à la main. Par moments, prêtant l'oreille à sa respiration, il s'inquiétait de la voir couchée silencieuse, froide, comme morte, éveillant en lui une terreur croissante et comme un respect mêlé de superstition. Il la considérait comme une créature vivante, mais ne concevait pas pourquoi elle était si différente, se distinguant de celles qu'il avait vues en son temps au manoir, quand soudain il comprit.

— Envoûtée ! C'est sûr ! — pensait-il, se souvenant des récits qu'il avait entendus à foison dans la cuisine du manoir lors des soirées d'hiver — récits de princesses ensorcelées, de chevaliers et de personnes changées en arbres et animaux.

— Envoûtée ! Si seulement on pouvait trouver ce mot-clé, le lui dire, elle ne tarderait pas à reprendre vie — songeait-il fiévreusement, s'imaginant la désenvoûtant et la conduisant au roi, son père, qui ensuite la lui donnerait pour femme, et lui irait vêtu d'or et d'argent, serait un seigneur plus grand que son maître. Et rêvant ainsi, il s'endormit. Mais il criait quelque chose pendant son sommeil et se débarrassa de ses chaussures qui lui faisaient affreusement mal, ce qui ne l'empêcha pas dès l'aube de se lever d'un bon pied.

— Envoûtée ! Si on pouvait tomber sur ce mot ! — se tracassait-il en observant la dormeuse.

Un cri s'éleva au-dessus des troupeaux, se répandant en grondements toujours plus puissants.

— Les grues ! Les grues ! — semblait clamer la terre entière.

Du côté du couchant, des trompètements prolongés s'intensifiaient de minute en minute et ensuite, décrivant de grands cercles, les immenses formations en V commencèrent à perdre toujours plus d'altitude. Elles tournèrent un certain temps au-dessus des troupeaux, et dirigeant les pointes de leurs V vers le levant, elles s'élancèrent dans l'azur et poursuivirent leur vol, signalant de leurs voix plaintives leur parcours sous la voûte céleste.

Tous les troupeaux s'ébranlèrent pour les suivre, dans un recueillement empreint de gravité.

Une vague large de plusieurs milles déferla avec un bruit sauvage à travers les champs et les bois, les villes et les villages, ne laissant derrière elle que des solitudes piétinées, le silence et la mort.

Le pays devenait montagneux et aride ; les fiers et encore lointains sommets, étincelant au soleil, avaient disparu — cachés par des alignements de collines boisées, remplis de vallées profondes et de défilés, si bien que seul le cri des grues, à l'instar d'un chant ininterrompu venant des nuages, les guidait à travers ces labyrinthes de forêts enténébrées et de hauteurs éblouissant le regard.

Le Muet, après avoir suspendu ses bottes de part et d'autre du cou de son étalon, plaça dans une d'elles sa « princesse envoûtée », si bien que de loin elle apparaissait comme se tenant debout sur le cheval. Les chiens aboyaient joyeusement en voyant son visage souriant, et les oiseaux se perchaient en gazouillant sur ses petits bras tendus. Il les chassait tous avec jalousie, la surveillant comme la prunelle de ses yeux. Il la protégeait de la chaleur, et pendant les midis torrides lui recouvrait la tête de branches feuillues. Les nuits, lors des haltes-repos, à l'insu de tous, à genoux il lui chuchotait quelque chose en secret à l'oreille, attendant sa réponse en tremblant.

    — Si seulement je pouvais trouver ce mot — se tourmentait-il sans arrêt. — Si je pouvais la désenvoûter, je n'hésiterais pas un seul instant à quitter ce bétail. Ne suis-je pas un homme ! — se confortait-il en passant en revue les innombrables têtes de ses camarades. Il se trouvait toujours plus étranger parmi eux et différent du tout au tout. Il leur en voulait pour cette révolte contre les hommes, car il n'en voyait pas les raisons, et considérait leur but comme une folie.

    — Sous le joug — comme en liberté, le bétail sera toujours bétail — pensait-il sévèrement, commençant néanmoins à percevoir les souffrances qu'ils enduraient, avec un sentiment de compassion qu'il n'avait pas connu à ce jour. Le chemin, en effet, se faisait de plus en plus pénible et insupportable. Il y avait des jours de chaleur caniculaire ; le soleil flamboyait sans pitié de son lever jusqu'à son coucher, aucune brise rafraîchissante ne soufflait, l'air était une terrible fournaise liquide, la terre était brûlante, les torrents de montagne faisaient à peine briller çà et là le maigre filet argenté de leur cours. Les vallées étaient remplies d'une masse liquide effervescente qui vous brûlait affreusement. Dans les bois, sur les mousses et herbes calcinées, on ne pouvait se rafraîchir, les arbres ne donnaient pas d'ombre. Ils rencontraient de moins en moins de champs cultivés, les villages se faisaient de plus en plus rares et la nourriture de plus en plus chiche. Il était des jours où il n'y en avait pas assez pour tout le monde. Des dizaines de milliers s'écroulaient pour se reposer, affamés et mortellement épuisés. Et la nuit arrivait, pareillement harassante, pénétrée d'une chaleur suffocante, le firmament étincelant d'étoiles était suspendu au-dessus d'eux tel un paradis fleuri d'argent, mais la terre se faisait enfer, n'apportant ni soulagement ni sommeil. Leurs gosiers desséchés, assoiffés, haletaient la torture. La faim leur tordait les tripes. Des milliers tombaient morts. Des plaintes, encore discrètes, des murmures et des gémissements grouillaient dans les ténèbres.

Mais la foi dans l'avenir était plus forte que la misère du présent, plus forte même que la mort. Et dès qu'à l'aube les loups hurlaient le réveil quotidien, et que les cris des grues retentissaient de dessous les nuages, ils s'ébranlaient pour continuer leur migration, inlassablement, imperturbablement, sans même jeter un regard à ceux qui, de plus en plus nombreux, jalonnaient la route de leurs squelettes — à ces innombrables qu'emportaient la faim, l'épuisement, les maladies, et de redoutables ennemis qu'ils ne connaissaient pas. Ils avançaient enveloppés de nuages de poussière, tels un pesant panache gris rasant le sol et grondant de beuglements, de hennissements et de bruits de sabots comme une tempête en train de se former.

Après beaucoup, beaucoup de jours de migration ininterrompue ils parvinrent sur une espèce de plateau s'étendant à perte de vue. Les sommets enneigés des montagnes, toujours lointains, réapparurent dans leur titanesque majesté. Ils s'élevaient dans les cieux, pareils à l'autel d'une effrayante puissance cachée dans les nuages. Un beuglement d'émotion générale les salua. La fin de toutes les souffrances s'insinuait dans leurs rêves, et tous leurs yeux enfiévrés voyaient déjà derrière ces sommets atteignant le ciel — la liberté et le bonheur. L'allégresse fortifia les cœurs par la foi. Les récriminations s'apaisèrent. Une vague de fervent espoir inondait les cœurs. En outre, des vents plus frais se mirent à souffler et les jours se firent notablement plus cléments, tandis qu'une énorme rivière encaissée coulait remplie d'eau cristalline, glacée. Seule les effrayait cette steppe s'étendant alentour comme une immense table, marquée çà et là par des éboulis de rochers éventés, des bouquets d'arbres et des halliers de buissons épineux. La terre couleur de rouille, craquelée, était couverte d'une végétation ressemblant à des lichens gris, enchevêtrés, et de mousses rampantes couleur sang. Des animaux inconnus circulaient furtivement, et par les nuits fraîches les doux rêves languissants étaient troublés par d'horribles et sourds meuglements, semblables à des grondements souterrains. Les loups en avaient peur, et les chiens s'en protégeaient en se réfugiant au milieu des bêtes à cornes. Mais aucun des animaux ne vit plus le moindre humain, même les oiseaux qui tournaient bien haut au-dessus de la terre. Et plus aucune trace d'implantations, de routes, ni même d'odeur de fumée. Un monde absolument nouveau les environna, effrayant par son étrangeté.

La faim survint, les réserves accumulées par les hommes vinrent à manquer, ils durent se nourrir d'herbe dure comme du crin et de plantes épineuses, amères comme de l'absinthe.

— Il n'y a pas de prairies ! Il n'y a pas de pommes de terre ! Il n'y a pas de grain ! Il n'y a pas de trèfle ! — gémirent les troupeaux.

Un étonnement sans borne faisait naître en eux une inquiétante angoisse. Ils ne concevaient pas cela. Ils étaient persuadés que partout étaient stockées d'inépuisables réserves à eux destinées, et auxquelles l'infamie humaine les empêchait d'accéder. Où donc étaient passées les granges combles ? Les champs de pommes de terre ? De céréales ? Les grasses prairies ? Que leur était-il arrivé ?

Les hommes ne les empêchent plus, car il n'y en a plus ! Et il n'y a pas davantage de réserves ! Ils bouillonnaient de tiraillements sourds, incapables de s'abstraire de ces faits, effroyables pour eux.

Rex aussi était tiraillé, ne concevant pas cela, en revanche le Muet marmonnait avec acrimonie.

— Vous avez la liberté, alors qu'avez-vous besoin de pâture ? Ce que les hommes ne sèmeront pas, vous ne le boufferez pas. Et eux s'en sortiront sans vous. Personne encore ne veut l'avouer, mais vous voudriez tous retrouver une mangeoire pleine. Les loups ont pris de la bedaine, mais eux aussi en ont déjà assez de ce bienfait !

— Dussions-nous tous crever de faim jusqu'au dernier, personne ne retournera sous le joug volontairement.

— Vous crèverez bientôt. Et moi aussi avec vous — ajouta-t-il tristement.

— Une harde de sangliers se débrouille sans l'aide des hommes, nous aussi on se débrouillera. Quant au retour, boucle-la, sinon je te fais piétiner. Du reste, ce n'est plus très loin.

— Tu dois le savoir, toi le roi qui règnes sur ce bétail, mais moi les cigognes m'ont claqueté…

Rex ne voulut pas en entendre davantage et, grognant sur son étalon, fonça à la rivière, le long de laquelle les troupeaux s'étaient déployés pour se reposer, broutant de minables herbages épineux. Cette migration qui n'en finissait plus l'inquiétait toujours plus profondément. Les jours passaient, et cette maudite steppe ingrate semblait interminable. Parfois il partait en éclaireur, au loin, grimpait sur quelque éboulis rocheux, essayait de distinguer les confins des plateaux. En vain cependant, — à perte de vue s'étendait un désert immense, pareil à un linceul couleur rouille tacheté d'une misérable végétation et de pierres, surmonté d'un ciel vide, livide et sans nuages. Seule une énorme chaîne de cimes enneigées barrait l'horizon. Elles s'étendaient en travers de leur route comme des amas chaotiques — débris de quelque collision de planètes et de soleils, brillant de l'éclat fantomatique de neiges éternelles. Cette vision le faisait reculer, saisi d'une crainte inconcevable.

Une nuit il chopa des grues, qui précédaient toujours les troupeaux de quelques heures.

— C'est loin ! Loin ! Loin ! — lui chantèrent-elles en réponse.

Il s'en fut errer au milieu de ses troupes. Elles se reposaient sur le bord abrupt de la rivière. La pleine lune était lumineuse. Elles étaient couchées, silencieuses et ensommeillées, seules çà et là émergeaient des plaintes étouffées. Elles étaient silencieuses et plongées en elles-mêmes, ruminant péniblement leur misérable pâture, mais à sa vue elles sortaient de leur léthargie et leurs regards pesants, amorphes, le toisaient avec un immense amour. Elles ne disaient rien et supportaient encore tranquillement toutes leurs misères. Elles souffraient, avec la coutumière résignation des esclaves, sans plaintes ni lamentations.

Il ressentit cependant qu'elles avançaient avec leurs dernières forces et qu'elles ne tiendraient plus longtemps.

Lorsqu'il revint sur sa litière, le Muet reprit la conversation interrompue.

— Les cigognes me l'ont claqueté : il y a encore une semaine entière de route jusqu'aux montagnes, ensuite il y a les montagnes, ensuite à nouveau la terre ferme, et ensuite environ trois jours de mer. Au pied des montagnes, il y aurait de grandes prairies, de l'eau et des forêts.

Dès l'aube, Rex ordonna aux loups de faire avancer les troupeaux à marche forcée.

— Direction le levant ! En avant ! Plus vite ! — hurlait-il, passant sur son étalon. — On n'est plus loin.

Ils s'ébranlèrent comme un nuage de grêle emporté par les vents. Les poussait une farouche espérance, les poussait la faim et les poussait la mort, qui semblait faire siffler au-dessus de leurs têtes ses terribles coups de fouet, dont des milliers ne se relevaient pas. Personne n'y prêtait attention, ils fonçaient aveuglés par un bonheur tout proche et par la peur, car les loups, sur ordre de Rex, hurlaient, les suivant toujours plus près et déchirant en lambeaux ceux qui restaient en arrière. Pour comble de malheur, ils tombèrent dans une vaste zone de tempêtes et ouragans incessants. Se levaient de telles tourmentes que les bourrasques poussiéreuses cachaient le soleil, arrachaient des pierres, renversaient les bœufs les plus robustes, balayaient les moutons, les faisant tournoyer dans un maelstrom déchaîné, les secouant dans tous les sens. Tombaient des averses diluviennes, au point que la steppe se transformait en un lac agité, des milliers de ruisseaux écartelaient la terre desséchée en profondes crevasses et sillons. Et lors des jours de grand beau temps, un silence soudain s'emparait de l'air, le ciel tombait sur terre en nuages noirs, saturés, des sifflements et roulements sauvages retentissaient, faisant penser à une horde de milliers de chevaux furieux, et ensuite éclatait le fracas d'un déluge de coups de tonnerre au milieu d'éclairs et d'effrayants grondements.

Une frayeur démente s'emparait des plus courageux. Kulas et ses camarades se terraient dans des fourrés, les renards s'enterraient dans des terriers, les chiens se cachaient dans des éboulis, et même Rex se réfugiait en contrebas des bords abrupts de la rivière, seuls les troupeaux exposés à toutes les horreurs de la tempête, livrés à eux-mêmes, se dispersaient, paniqués, dans toutes les directions et périssaient par milliers.

Le Muet avec sa princesse, son étalon et Kruczek, parvenait toujours à se mettre en sécurité face à la violence des éléments. Et le premier ensuite, il rappelait les égaillés et les guidait, avant que ne se manifestassent les chefs en titre. Et comme il disposait d'un peu de raison humaine, il trouva par la suite, en prévision des tempêtes à venir, des moyens assez efficaces pour garantir tant soit peu les troupeaux de la débâcle. Ils commencèrent à lui faire une confiance aveugle et avant qu'ils n'eussent quitté cette affreuse zone, il devint le véritable maître et commandant de ces troupes innombrables. Sur lui se levaient les yeux terrorisés et lui seul était en vue dans les moments de danger. Il commandait comme un potentat de naissance et contraignait à l'obéissance avec son révolver.

Rex commençait à prendre peur et, tout particulièrement, ses regards lançant des éclairs de colère le faisaient frémir.

— Un homme ! — grognait-il dans son impuissant courroux, incapable de supporter ces regards dominateurs.

— Ce morveux d'homme nous prépare une trahison — grognait Kulas, se rapprochant du garçon.

— Encore un bond, écorcheur de chevaux, et ce sera le dernier ! — bégaya le Muet en levant son arme.

Ils se quittèrent apparemment d'accord, mais depuis ce moment les yeux du loup le suivaient en permanence.

Et lui ne pensait même pas au pouvoir et à la domination, il en avait simplement assez de ce vagabondage et avait décidé de revenir chez les hommes. Son étalon et Kruczek étaient déjà convaincus. Il s'agissait pour lui de soulever le plus possible de troupeaux et de rentrer avec eux chez les hommes.

— Ils périssent misérablement, alors que là-bas c'est l'automne et il y a tant à faire dans les champs. Ils préféreront travailler avec la panse pleine et un toit au-dessus de leur tête plutôt que de crever de faim — se confiait-il à la « princesse envoûtée ». — Elle m'invitera même dans ses salons si je lui ramène une telle quantité de bétail ! — rêvait-il à son ancienne maîtresse, pris d'une surprenante douce langueur.

Lorsqu'ils se retrouvèrent à nouveau dans une contrée tranquille, mais tout aussi stérile et déserte, les troupeaux se déployèrent pour un repos de quelques jours et le Muet commença à traînailler dans les bivouacs. Il prêtait une oreille attentive à toutes les récriminations, dont le nombre allait croissant. Il se mêlait à de longues discussions et, se plaignant de concert avec eux, pleurant leur commune infortune, il semait l'idée d'un retour chez les hommes. Ils l'accueillaient parfois avec colère et en râlant, parfois avec stupéfaction, mais le plus souvent avec un long soupir de chagrin. Qu'est-ce qui les attendait plus loin ? La misère, la faim et la mort. Ne ressemblaient-ils pas déjà à des squelettes recouverts de peaux déchirées, flasques ! Ils tenaient à peine sur leurs pattes. Un mortel épuisement doublé d'apathie en précipitait des milliers à terre, au point qu'ils préféraient crever de faim que de s'efforcer de rechercher à nouveau une minable pitance. Pendant tous ces jours et ces nuits s'entendaient les gémissements prolongés des agonisants. Les troupes s'amenuisaient à une vitesse folle. Toute la jeunesse périt jusqu'au dernier. Les loups auraient pu dire pourquoi les moutons disparurent si vite. Des cochons aussi il n'en resta que très peu. Quant aux porteurs de sabots et de cornes, on ne pourrait faire le compte des disparus, leur nombre diminuait toujours davantage, au fur et à mesure que l'espoir s'éteignait en eux. Pratiquement tous les jours, quand le soleil énorme, rayonnant, se levait de derrière les sommets enneigés, un beuglement s'arrachait et montait vers les cieux.

— Nous n'arriverons jamais là-bas ! Jamais ! Jamais ! — grondait un chœur de lugubre désespérance et de regrets.

En vain Rex les tranquillisait-il et les animait, hurlant ses hymnes au bonheur qui les attendait là-bas. Ils l'écoutaient dans un silence obligé, et dès qu'il était parti, les lamentations reprenaient de plus belle.

— Quitte à ce qu'ils nous mettent le joug, quitte à ce qu'ils nous frappent — gémissaient les bœufs, ruminant les chardons amers et piquants — pourvu qu'ils nous donnent à manger à satiété, à manger ! à manger !

— Je savais qu'ils nous serviraient le fourrage qu'avant qu'il ne fasse jour — se souvenait un cheval, tout rêveur — et qu'ensuite ils me sortiraient pour travailler.

— Et qu'ensuite ils te flanqueraient une raclée à coups de fouet, à t'en faire péter la peau — raillait son voisin, un impertinent étalon.

— Mais à midi, il y avait à nouveau du fourrage, un seau d'eau limpide, on se reposait.

— Et du fouet en prime ! — hennissait l'autre, frappant le sol de ses sabots.

— Mais le soir il y avait l'écurie bien chaude ; une demi-mangeoire d'avoine et du trèfle derrière le râtelier — soupirait-il tristement.

Cette évocation du passé se termina par une furieuse bagarre, les sabots claquaient, les os craquaient et le sang fraternel coulait. Ce genre de querelles, de polémiques et sanglantes disputes se faisaient de plus en plus fréquentes. Un énervement vindicatif, agressif, commença à se répandre comme la rage. Chacun n'avait de cesse de répercuter sa misère et son désappointement sur les autres. Les jours et les nuits se passaient maintenant en controverses passionnées, intransigeantes, que le Muet mettait à profit pour s'efforcer de les convaincre de revenir, faisant miroiter le bonheur perdu à leurs âmes endolories. Beaucoup, affolés par la soudaine remémoration du passé, voulaient revenir immédiatement, beuglant dans toutes les directions.

— Sauve-nous ! Conduis-nous ! Nous voulons des hommes ! Nous voulons des maîtres ! Nous voulons manger ! Conduis-nous !

Mais il y en avait beaucoup qui, après avoir entendu ces incitations, les rejetaient avec mépris.

— Nous ne reviendrons pas sous les coups de fouet. Nous préférons la faim à un esclavage rassasié. Nous ne saurons plus être esclaves. Nous voulons vivre pour notre propre compte. Nous ne serons plus de la viande pour les hommes. Retourne, mais n'incite pas à la trahison.

Et ces incitations à la révolte se terminèrent mal pour lui, car un beau matin Kruczek lui grogna :

— Rex et Kulas ainsi que les anciens tiennent conseil dans les rochers. Ils aboient des choses à ton propos, j'ai entendu.

— N'aie pas peur. J'ai de quoi me défendre — il montra son révolver et son coutelas tranchant comme un rasoir.

— Tu en tueras quelques-uns, et le reste te déchirera. Sauvons-nous tout de suite — couina-t-il peureusement.

— Préviens les nôtres, qu'ils se rassemblent et restent en arrière, mine de rien — ordonna-t-il.

Il n'en eut pas le temps, car une cohorte de loups soudain l'assaillit et Kulas aboya :

— Nous te chassons de la troupe ! Rex te laisse la vie sauve par amitié. Ne menace pas avec ta foudre, sinon je te fais déchiqueter. Nous t'avons accueilli par pure bonté, et tu nous as payés en retour de trahison et d'incitation à la révolte, ouste !

Le garçon regarda autour de lui pour chercher du secours, mais voyant les crocs dénudés et les yeux en furie qui le cernaient, il sauta sur son étalon, qu'on lui avait avancé. Sa princesse serrée contre sa poitrine et son révolver dans l'autre main, il allait d'un bon trot, entouré par les loups. Kruczek ne le lâchait pas, assis blotti contre lui, claquant des dents. Ils galopèrent ainsi deux journées complètes, se reposant à peine de temps à autre. Pour finir, arrivés au terme fixé par le destin, les loups lui intimèrent en hurlant de descendre. Ils dévorèrent le cheval et Kruczek en un clin d'œil.

— S'il te prenait l'envie de mettre des hommes à nos trousses, tu périras — l'avertit l'un d'eux, et ils s'en retournèrent en courant.

Il se tenait abasourdi, promenant un lourd regard autour de soi ; c'est à présent seulement qu'il mesurait l'énormité du coup qui s'abattait sur lui. Il restait seul dans ce désert sourd et stérile, à quelques semaines de marche des habitations humaines les plus proches, sans nourriture, sans assistance et sans cheval. Ses cheveux se dressaient sur sa tête, mais il ne perdait pas le moral, ni même ne pleura. Il ramassa ses affaires, suspendit ses bottes en travers d'une épaule, cachant sa princesse dans l'une d'elles, se coupa dans les buissons un gros bâton noueux, et sans hésiter se mit en route droit vers le couchant. Il restait au contact de la rivière, cheminant sur une piste jonchée de squelettes, d'ossements, de charognes, sur laquelle d'énormes et bruyants vautours s'en donnaient à cœur joie. Maintes fois la faim lui faisait disputer témérairement sa part aux oiseaux, et il marchait armé de la profonde certitude que demain sinon aujourd'hui il finirait par trouver ce mot magique et désenvoûterait sa princesse.

— Et vous, vous crèverez jusqu'au dernier. — Il fit un geste de menace en direction du levant. — Vous crèverez avant moi.

Et il avançait sans crainte. Il se nourrissait de ce qu'il trouvait, et comme il était extraordinairement débrouillard, que la rivière était poissonneuse, et qu'il disposait d'une pierre à feu et d'amadou, la faim ne le torturait pas trop. Et lorsqu'il lui arrivait d'attraper une prise conséquente, il la faisait griller sur des pierres brûlantes, lavait sa princesse, l'installait près du feu en face de lui, et se faisait une fête. Il la servait, lui parlait comme à une personne vivante, lui baisait les mains et les pieds, appuyait sa tête contre son cœur, et écoutait religieusement la céleste musique de ces paroles qu'elle lui adressait alors. Il lui offrait sa prière avec un indicible bonheur. Et, après avoir comblé son cœur et son ventre, il reprenait sa route.

Il était comme un grain de sable roulant hardiment à travers ces étendues illimitées. Si petit, misérable et débile par rapport à ces immensités, que même les animaux sauvages s'abstenaient de l'agresser. Il marchait, insoucieux des dangers, sans même y penser, dormait près des grands feux qu'il allumait ; voyant des trains d'oiseaux migrant vers leur séjour hivernal, il leur chanta leurs chants. Leur innombrable essaim tomba sur lui, et avant qu'ils ne se fussent avisés de la ruse, il avait déjà des réserves pour plusieurs jours, et de quoi décorer la tête de sa princesse avec les plus jolies plumes. Après deux semaines de cette vie presque joyeuse, il commença soudain à s'inquiéter, car une nuit la température baissa fortement, et un vent glacial se leva au point du jour. Une haleine glacée souffla du levant. Et quand le jour se fut levé, un soleil pâle, frileux, étincela dans le frimas. Le Muet fut pris de stupeur, promenant un regard effaré sur les terres devenues toutes blanches. Il n'avait pas pensé à l'hiver et complètement oublié ses crocs terrifiants. Un souci profond lui secoua le cœur. Il se gratta la tête, embarrassé, et après un court moment de réflexion, enfila les bottes sur ses pieds nus, s'enveloppa de la chabraque et, se ceignant d'une corde, pressa la princesse contre sa poitrine et se remit en route sans tarder. Le poussaient la peur, des journées toujours plus froides et les bourrasques venant du levant. En outre, la faim commençait à le harceler. Les oiseaux s'étaient volatilisés, et les poissons étaient devenus difficilement accessibles en raison des bords gelés de la rivière. Et bien que frigorifié, débilité et se traînant à peine sur ses jambes, il poursuivait sa route inlassablement et susurrait à l'oreille de sa princesse des paroles toujours renouvelées par son imagination.

— N'aie crainte, je trouverai bien et te désenvoûterai ! — marmonnait-il. — Tu revivras, un cheval noir comme un corbeau viendra et nous partirons ! Mon Dieu, qu'il arrive au plus vite ! — soupirait-il désespérément, car les jours se faisaient froids, avec de constantes rafales de vent, tristes, au point que par moments il se réfugiait dans de sombres cavernes, attendant que cela passe. Mais à quoi bon, quand les nuits suivantes étaient encore pires — sombres, glaciales, tumultueuses et remplies de gémissements et de mugissements semblant provenir de troupeaux entiers faisant le diable à quatre dans les ténèbres. Les cheveux se dressaient sur sa tête, la peur et le froid l'empêchaient de dormir, mais à l'aube, quand le calme était un peu revenu, surmontant la faim, le froid et la fatigue, il repartait, avec cet espoir, pas encore gelé, qu'aujourd'hui peut-être, peut-être même dans un instant, il apercevrait quelque part les fumées d'habitations humaines, ou ne serait-ce que des bois, qui lui fourniraient un abri. En vain, car aussi loin que son regard portât, s'étendait le désert immense, effrayant ; une steppe tachetée de buissons et entaillée par le ruban du cours méandreux de la rivière — jusqu'à, semblait-il, ce ciel livide amassant aux confins de l'horizon ses nuages verdâtres, pareils à des blocs de glace fracassés. Le danger de ces étendues vides, de ce silence mortel et de cette solitude le saisit soudain à la gorge et il fut pris d'une telle frayeur qu'il s'effondra intérieurement tel un misérable fétu de paille et, hurlant un sanglot de désespoir, implora :

— Au secours mon petit Jésus ! Je te sculpterai toute une passion, je te suspendrai une cage avec un merle chantant devant ton autel ! Sauve-moi, Seigneur ! — Il sanglotait, se signant sans désemparer. Le lendemain sévit un froid si intense que la terre résonnait sous les pas, la rivière gela et il était impossible de reprendre haleine. Les vents se turent, un silence sinistre s'établit, qu'interrompaient seulement les craquements sourds de la terre en train de se crevasser. Il n'était plus question de continuer à marcher, il ne parcourut ce jour-là que le chemin suffisant pour trouver un endroit où la rivière, s'encaissant profondément, avait formé un bras marécageux envahi par une végétation de roseaux et de buissons.

— Des marais et de l'eau qui n'est pas gelée, les oiseaux doivent s'y poser ! — pensa-t-il, et dégagea avec son couteau et ses ongles une assez grande cavité au flanc de la falaise pour s'y abriter. Il la ferma par un rideau de branches, la tapissa de feuilles et, installant la princesse tout au fond, s'enfouit au plus profond d'une litière ; ressentant une douce chaleur, il marmonna dans un demi-sommeil à l'adresse du froid :

— Tu peux m'embrasser où je pense, tu ne m'auras pas. — Et il s'endormit en dépit de la faim qui le tenaillait.

Au petit matin, s'enveloppant de roseaux secs, il se positionna dans les buissons et attendit patiemment, malgré le froid qui le transissait jusqu'à la moelle des os. Par chance, ses suppositions s'avérèrent exactes, car peu après le lever du soleil apparurent des files de canards sauvages qui commencèrent à descendre tranquillement sur le miroir des eaux libres de glace. Il cancana à la manière d'un ancien avertissant les petits d'un danger, les volatiles effrayés commencèrent à décoller, mais la plupart d'entre eux s'enfonça dans les herbes sèches. Il en abattit avec son bâton et en attrapa de ses mains une telle quantité qu'il put à peine les ramener dans sa tanière.

— On va se faire une bouffe, le reste s'attendrira au froid ! — se vantait-il auprès de la princesse en allumant un grand feu devant son antre.

Il mangeait et dormait maintenant à satiété, retrouvant ses forces, mais réfléchissait avec toujours plus de crainte à la suite de sa marche. Le froid, en effet, se faisait de plus en plus intense de jour en jour, et du givre de la taille des plus gros grêlons recouvrait la steppe d'un duvet laineux, s'effritant sous les pieds. Peu à peu aussi, les marais gelaient et s'éteignaient les yeux des eaux vives, voilés par des pellicules de glace, et de moins en moins d'oiseaux se posaient. Les jours s'entrouvraient comme des tombeaux, répandant une lumière lugubre, chiche, sur ces immenses solitudes terrestres qui se mouraient. Les sanglantes lueurs du soleil, faisant penser au regard fatigué d'yeux à l'agonie, filtraient à travers des brumes épaisses, cotonneuses. Les crépuscules tombaient brusquement, noirs et opaques draps funéraires. Quant aux nuits, elles apparaissaient comme un conte fantastique — le ciel presque noir, constellé de paillettes argentées, étincelait de milliards d'éclats, de scintillements et de silencieux éclairs glacés qui vous rongeaient les yeux : tout se fondait en une seule mer de vibrante lumière. Une de ces nuits, de sinistres hurlements résonnèrent quelque part à proximité.

— Peut-être des loups ? — pensa le Muet. — Peut-être Kulas avec les siens ? Ce serait plus gai de rentrer ensemble. — Il ressentit une joie immense et, captant avidement les échos qui se rapprochaient, malgré un froid glacial, escalada la falaise élevée afin de jeter un coup d'œil sur la steppe. Il réussit à apercevoir des files d'ombres glissant vers la rivière et, devant, un énorme cerf en fuite qui, les bois au contact de l'échine, fonçait dans un ultime effort, trébuchant de plus en plus fréquemment, jusqu'à ce que, parvenu au bord abrupt de la falaise, il s'arrêtât et poussât un râle désespéré. Ils arrivaient déjà à sa hauteur, déjà un sauvage hurlement de triomphe ébranlait l'air, quand le cerf roula en bas, et parvenu au niveau des marécages en accomplissant des bonds énormes, fonça à perdre haleine à travers la végétation ; perdant pied çà et là, il s'extrayait encore, se débattant avec l'énergie du désespoir, et finit par s'enfoncer jusqu'au ventre dans un marais encore partiellement libre de glaces ; avant qu'il ne parvînt à s'en extraire, toute la meute déchaînée se rua sur lui. Une lutte désespérée s'engagea. Le cerf s'extirpa de la boue, se défendant avec ses bois, piétinant à mort, s'échappant, retombant dans les marais, luttant jusqu'à la fin — avant de tomber, déchiqueté vivant.

— Ah, attendez voir charognes ! — marmonna, ému, le Muet en tirant dans l'amas qu'ils formaient. L'éclair et le bruit pareil à un coup de tonnerre déchirèrent l'air. La meute se précipita dans la fuite. Il tira sur elle encore plusieurs fois et courut vers le cerf, son arme à la main. Il gisait, mort, les flancs arrachés et la gorge déchirée par les morsures, mais quelques loups, également, baignaient dans leurs propres entrailles déchiquetées.

— A moi aussi il revient quelque chose — décida le garçon en découpant un énorme morceau de viande du cerf, indifférent aux couinements des loups en train de crever. Il avait à peine traîné ce morceau dans son antre qu'il aperçut les loups de retour. La faim et l'odeur de sang frais les avaient ramenés. Ils dévorèrent les restes du cerf ainsi que leurs compagnons blessés et crevés, faisant craquer leurs os dans leurs puissantes mâchoires. Ils léchèrent même la neige ensanglantée et, une fois leur festin terminé, se mirent à renifler les traces du Muet. Ce dernier, pour les effrayer, poussa un hurlement d'avertissement, comme il savait le mieux le faire. Ils s'arrêtèrent, dressant l'oreille dans toutes les directions, mais après un moment, visiblement peu effarouchés, ils reprirent à nouveau, prudemment, leur ascension, s'approchant de plus en plus et, grouillant de partout, se tapirent dans les buissons.

Le garçon se mit à suer et son cœur tressauta.

— Ce ne sont pas les camarades de Kulas ! Ils vont me déchirer comme un lièvre ! — Il jeta un regard circulaire, cherchant du secours, et soudain se mit à amonceler fiévreusement les réserves de branchages, roseaux et herbes sèches qu'il avait accumulées, et lorsque les loups se furent approchés si près qu'il sentait leur repoussante odeur et apercevait dans les buissons leurs yeux scintiller comme des vers luisants, il fit jaillir son feu et alluma le tas.

La meute, effrayée par les flammes qui fusaient de plus en plus haut, s'enfuit dans la steppe.

— Demain ils reviendront sans nul doute — confiait-il à la princesse, tout en alimentant le feu sans désemparer. — J'aurai du mal à les chasser, maintenant qu'ils m'ont déjà rendu visite — s'inquiéta-t-il profondément. — Il nous faut rester, car il n'y a pas moyen de fuir — il s'essuya son visage en sueur. — Il va falloir se défendre avec le feu pendant des nuits entières. Et si nous sortons, ils nous égorgeront comme des agneaux, si nous ne gelons pas avant. Que faire ?

La peur se présenta à ses yeux intrépides. L'énergie l'abandonna, il se sentit enfant sans défense, livré à la merci de tous les hasards. Il éclata d'un sanglot sonore comme la fois où l'intendante l'avait injustement battu. Il se souvint de la maison lointaine, de la cuisine au chaud, des marmites au contenu mijotant dans la cheminée, des bouffées de bonnes odeurs. Les pleurs le secouaient de plus en plus douloureusement et un chagrin sauvage lui serra le cœur. Il se faisait d'amers reproches. Pourquoi s'était-il lié à des bestiaux ? Même dans les cabanes à cochons il était mieux qu'à présent. Une mort misérable l'attend. Si les loups ne le mangent pas, le froid le liquidera. Comme s'il y avait quelqu'un pour s'apitoyer sur lui ! Et, plongé dans les sanglots et la douleur, il s'enfouit dans sa litière au point du jour et tomba dans un sommeil de plomb. Le jour avancé le réveilla, ainsi qu'un froid horrible, d'une rigueur encore jamais atteinte. Ses paupières étaient gelées, son corps figé, et il pouvait à peine respirer. Il alluma le feu avec effort et après avoir un peu mangé, se mit à rassembler du combustible pour la nuit à venir. Il accomplissait cela avec une immense difficulté, il titubait, la tête lui tournait. La sueur l'inondait, la fièvre l'enflammait puis, à l'inverse, un tel froid le faisait trembler que même auprès du brasier il ne pouvait s'en débarrasser. Et pour finir, au crépuscule arrivant, il se sentit tellement las et ensommeillé que, nonobstant la conscience du danger, il se fit une litière des plumes des oiseaux tués et, se pelotonnant sur lui-même, s'assoupit.

La nuit était avancée lorsque le réveillèrent des hurlements et des aboiements. Les loups se battaient entre eux pour les restes des os du cerf et, après avoir mangé ces reliefs, s'avancèrent vers l'antre. Le feu les éloigna, mais ils circulèrent jusqu'au matin, hurlant de faim et de rage.

Il continuait à veiller, sans cesse alimentant le feu, bien qu'avec beaucoup de mal, car il se sentait faible et extrêmement fatigué. Par moments, comme s'il perdait connaissance, il ne savait plus où il était et ce qui lui arrivait. Ou alors tout lui devenait indifférent et même les couinements des loups et ce qu'il soupçonnait être leurs cavalcades n'attiraient plus son attention. Même la viande de cerf fraîchement grillée ne lui goûtait plus, il la rejeta avec horreur. Aussi accueillit-il avec un grand soulagement le jour et se glissa dans son antre, mais ne put trouver le sommeil : une soif inextinguible le torturait, il buvait de l'eau, avalait du givre, et rien n'y faisait. Il traînailla ainsi toute la journée, ne sachant que faire, persécuté par l'ennui, si bien qu'il rassembla machinalement des réserves de joncs et de branchages, puis pluma les oiseaux qu'il avait attrapés. Il soupirait de plus en plus lourdement, sortait en courant dans la steppe, et au travers de ses larmes qui gelaient cherchait des yeux une présence humaine. La solitude commença à lui peser et la nostalgie à lui enserrer le cœur dans d'horribles anneaux — telle un serpent. De profondeurs oubliées commencèrent à émerger des souvenirs. Ils lui semblaient un conte merveilleux qu'il avait vécu un jour en rêve, peut-être il y a des siècles. Mon Dieu, comme il aurait aimé à nouveau se glisser dans le sombre recoin derrière le poêle, par une soirée d'hiver, quand la cuisine du manoir s'emplissait de gens et de bruit. Quitte à y recevoir des coups de bûche sur la tête pour avoir énervé les chiens. L'intendante ne lui donnait-elle pas ensuite un os à ronger, du lait chaud, ou bien même du pain beurré. Jésus, comme on riait là-bas, se taquinait, s'amusait, et quelles histoires racontait la gardienne de cochons ! Et quand arrivaient les filles de ferme avec leurs quenouilles, et que la maîtresse passait faire un tour, alors on n'en finissait pas de raconter les récits les plus variés, qui vous faisaient trembler de peur et dresser les cheveux sur la tête. A propos justement de princesses envoûtées, de dragons et de princes.

Il était à peine sorti de cette rêverie qu'il se sentit à nouveau malade, esseulé et sans forces.

— Je vais mourir ou quoi ? — pensa-t-il et, se recroquevillant, se rapprocha au plus près du feu et petit à petit s'enfonça dans une espèce d'indicible félicité, comme dans une maternelle étreinte. Des feux brûlants le transperçaient de part en part, la tête lui bourdonnait, et une douce torpeur, le berçant affectueusement, lui collait les paupières de ses baisers ardents.

Déjà les étoiles visitaient son visage blêmi et scintillaient dans ses cheveux couverts de givre, quand le fracas de glaces craquant sous l'effet du froid terrible l'arracha momentanément à cette béate immersion. Et, apercevant des ombres défilant dans la végétation au bord de la rivière, il ranima le feu en soufflant dessus et, sortant la princesse, l'assit à ses côtés. Il se mit à la contempler intensément.

Elle se tenait souriante, rosie par l'éclat du feu, merveilleuse et regardant de son énigmatique regard. Il jetait dans le feu des brassées entières de roseaux et de branches, si bien que les flammes jaillissaient toujours plus haut en crépitant joyeusement et bruyamment, et lui ressentait une impression de plus en plus grande de chaleur, de clarté et de joie. Soudain, ses yeux brillèrent, son visage s'embrasa et son cœur battit la chamade — il avait enfin trouvé ce mot !

— Je vais te le dire tout de suite ! — bredouilla-t-il. — Je vais le prononcer et tout va changer — il roula des yeux victorieux. — Il m'est venu tout seul à l'esprit ! Que m'importent à présent les loups, le froid et la misère ! O Jésus, tout de suite, j'en suis tout remué, tout de suite. — Enfin, lui ayant chuchoté quelque chose à l'oreille, il fit un bond en

arrière, terrorisé.
— Jésus, Marie ! Jésus, Marie ! — répétait-il, se signant d'un geste instinctif.

Elle grandissait à ses yeux et se dressa devant lui avec une couronne d'or et un manteau rouge, et derrière elle un étalon moreau frappait le sol de ses sabots, faisant tinter son mors et ses étriers d'or.

Face à ce miracle, le cœur lui défaillit d'émerveillement, d'extase et comme d'une religieuse épouvante.

Elle lui parla de la même voix musicale qu'il n'avait jamais pu comprendre.

— A cheval, prince ! A cheval ! — chaque mot lui résonnait dans l'âme comme une cloche annonçant Pâques.

Il sauta en selle, prit les rênes, éperonna l'étalon de ses talons et ils s'élevèrent plus rapides que le vent. Elle était assise devant lui, il la tenait bien fort, ne cessant de stimuler le cheval.

Seul le vent gronde à ses oreilles et lui fouette le visage, le cheval galope à couper le souffle, comme un dératé, sous ses yeux défilent des terres, des forêts, des rivières, jusqu'à ce qu'explose en lui un chant de bonheur suprahumain, mais ils galopent toujours, galopent de plus en plus vite, galopent par l'univers entier, galopent vers le roi, le père, pour les épousailles…

DEUXIEME PARTIE

VI

D'énormes nuages voûtant le ciel, semblables à des blocs rocheux couleur de rouille, d'un seul coup crevèrent, se morcelant et s'éparpillant en menus éboulis. Ce déluge engloutit de vastes pans d'azur. Une obscurité n'augurant rien de bon envahit l'horizon. Les clartés s'éteignaient. Les yeux du jour se voilaient d'une cataracte qui les rendait aveugles. Un vent éthéré se mit à siffler d'âpres gémissements. Des oiseaux se mirent à crier de façon terrifiante. Les forêts à perte de vue se mirent à gronder comme des mers écartelées par des ouragans. Les sanglantes langues d'éclairs muets illuminèrent brièvement la lugubre grisaille. La terre éructait continuellement des mugissements déments, sauvages. Et dans la steppe les tornades se fortifiaient, l'une après l'autre, titubant telles d'immenses fuseaux grimpant jusqu'au ciel, sur lesquels s'enroulaient les fils de l'évanescente lumière du jour. Soudain régna un silence angoissant. Les monstrueux et fantomatiques fuseaux tournoyaient en spirales ivres, de plus en plus vite. On eût dit une forêt de troncs nus couronnés uniquement de volutes échevelées couleur de rouille. A un moment donné éclata un terrible concert de coups de tonnerre. Ils frappaient si rapprochés qu'ils se fondirent en un seul effroyable grondement, précipitant au sol les nuages, qui ensevelirent la terre sous leurs lourdes et suffocantes vapeurs. Tout disparut dans une grisaille opaque, tandis que la terre, sous les incessants coups de boutoir du tonnerre, semblait s'abîmer dans des précipices sans fond. Toute créature expirait dans un mortel effroi. Des puissances inimaginables piétinaient une terre pantelante. « Tu es finie ! » lui chantaient les coups de tonnerre. « Tu es finie ! » lui hurlaient les vents qui se levaient dans les ténèbres, au point qu'elle semblait ne plus constituer qu'un amas de poussières dispersées aux quatre coins de l'infini.

« On ne bouge pas ! On reste couché sur place ! » hurlaient les ordres, car les troupeaux s'arrachaient pour fuir. Rex, accompagné des chiens de berger et de toute la clique des loups, courait autour des troupeaux, n'hésitant pas à imposer l'obéissance à coups de dents. Il avait peine à glapir et sa gueule écumante ne bavait que des écumes ensanglantées. Après des efforts inouïs et ayant maîtrisé la panique générale, il s'affala sur un monticule, la langue pendante, harassé et à bout de souffle. Les troupeaux étaient couchés autour du monticule, l'entourant à perte de vue. Ce qui se passait sur terre et dans le ciel, inimaginable, les torturait d'une peur démente. L'air vibrait de beuglements plaintifs et de gémissements continus ! Les chevaux frappaient le sol en hennissant. Dans cette chaotique grisaille perçaient de plus en plus fréquemment les yeux couleur émeraude des moutons et des bêlements déchirants faisaient entendre leur plainte. Des hurlements de loups tremblants d'effroi explosaient en différents endroits. Les chiens, comme fous, le museau collé au sol, reniflaient sans arrêt on ne sait quoi. Les mélancoliques beuglements des vaches et des bœufs, faisaient résonner leur lugubre basse. Même les cochons, coutumiers d'une si sage indifférence, grouinaient d'inquiétude. Tous en effet enduraient la même souffrance. Et pour comble d'infortune, ces sourdes brumes entoilaient leur peau de glace, les pénétrant de froid jusqu'à la moelle des os. C'est pourquoi à chaque instant se dressaient leurs lourdes têtes et leurs yeux larmoyants erraient dans l'obscurité. Mais rien encore n'annonçait de changement. Le jour ne revenait pas, tandis que les brumes s'épaississaient encore. Seul Rex gardait son calme et la maîtrise de soi. Il avait déjà vécu plus d'une tempête. Il se rappelait justement la terrible tempête de neige qui en son temps l'avait fait errer dans les champs pendant trois jours. Il l'avait surmontée, affamé, à l'abri de quelque rocher.

— Ils ont toujours eu de la chaleur et du calme dans leurs étables — grogna-t-il, énervé par leurs gémissements.

— Les loups non plus n'apprécient pas un tel temps ! — grogna en réponse un des chiens de berger, remuant les oreilles.

— Qu'ils s'en trouvent un meilleur. — Ces récriminations permanentes le mettaient en colère.

— Et si cette obscurité n'a pas de fin ! — soupira l'un d'eux, se grattant vigoureusement.

— Alors tu crèveras avec tes puces. Trêve de philosophie ! Maintenant, on dort !

Il s'allongea le plus confortablement possible et essaya de s'endormir.

L'ouragan zigzaguait dans une autre direction ; les coups de tonnerre se faisaient de plus en plus lointains. S'apaisaient également les voix des troupeaux. Les vents s'éloignaient, battant de leurs ailes évanescentes. Peu à peu s'installait un silence cruel, glaçant. Un calme minéral s'emparait de tous, les cœurs battaient de plus en plus faiblement, les peurs disparaissaient, puis se manifestait leur frère, le bienveillant sommeil, les subjuguant par le miracle de l'oubli, si bien que tombaient leurs paupières enfiévrées, leurs têtes inertes s'affaissaient et une douce volupté hébétait les animaux épuisés. Rex aussi finit par s'assoupir, non sans remarquer avant de s'endormir que la vraie nuit était tombée. Mais il se réveillait souvent, dressant les oreilles et s'étirant, reniflant et, ayant humé l'arrière-goût mordant du froid, se cachait le museau entre les pattes et reprenait son somme.

Pas le moindre murmure ne venait troubler ce silence léthargique. Les accumulations de brume gisaient inertes, telles des pierres mortes livrées à l'outrage des temps. Le rythme de l'existence s'amortit et se mua en apathie.

Il pouvait être déjà minuit passé, heure où les coqs immanquablement chantent dans les villages, quand Rex soudain sursauta, le poil hérissé et les oreilles dressées. Il entendait distinctement un appel familier, la voix du Trouvaillon. Mais il était incapable de discerner de quelle direction il venait. Il bondit, courant comme un fou furieux et décrivant de grands cercles. Le bégaiement retentit longtemps quelque part devant ou au-dessus de lui, mais il ne put rattraper le Muet lui-même, si bien que tout essoufflé il rejoignit sa couche.

— Il n'est rien resté de lui, pas même un os ! — Il éteint en raisonnant un soudain chagrin pour son compagnon. — Ou peut-être est-il rentré chez les siens et m'a appelé ? — En guise de réponse, la mémoire lui ouvrit ses greniers enchanteurs et l'ensevelit sous les vivantes épaves de son passé. Ouvrant de grands yeux exorbités mais aveugles il plongea le regard dans ces merveilleux miroirs. On eût dit qu'il avait fait un bond dans les temps passés et, semblait-t-il, révolus et les revivait. Il aboya joyeusement en voyant le manoir ; il se battait les flancs de sa queue, parcourant les pièces ; il se ramassait pour bondir, ayant aperçu les teckels ; il gambadait dans les chaumes à la poursuite d'un levraut ; il se frottait aux jambes de son maître en jappant ; ou bien sommeillait sur la peau de lion en contemplant rêveusement le feu qui se mourait dans la cheminée. Pour finir il se jeta avec une telle violence sur quelque ennemi qu'il tomba sur le dos des chiens de berger qui dormaient à côté. Les fantômes s'évaporèrent — il ne restait que la nuit grise, le silence et les troupeaux qui dormaient. Cela ne lui fit pas pour autant regretter le passé qui lui était devenu abject.

— Vers le levant ! Vers le soleil ! — chantèrent en lui toutes ses croyances et espérances, avec une vigueur renouvelée. Sa préoccupation des troupeaux réapparut, absorbant toute son attention et son énergie. Il

se concentrait pour la poursuite de son action salvatrice.
— Le printemps va arriver, et là-bas il n'y a pas un seul cheval, pas un seul bœuf, pas même un chien. Ils vont crever de faim. Qui travaillera pour eux ? Ces doux sentiments de vengeance sur les hommes l'irriguaient d'un flux de sang chaud, prélevé sur l'ennemi. Il tressaillit soudain, tournant ses narines dans une autre direction, car une vague d'horrible puanteur lui parvint des troupeaux.
— On va étouffer ! Veillez à ce qu'ils ne se couchent pas dans une telle promiscuité.
— Les hommes, ça ne leur faisait rien du tout. Ne collectaient-ils pas tout cela en tas pour l'évacuer ? — grogna l'un d'eux.
— Les hommes ça bouffe de tout, même ce que nos frères n'accepteraient pas de renifler.
— Quand le jour se montrera-t-il, c'est l'heure ! — Il promenait un regard soucieux sur l'obscurité, mais rien encore ne laissait présager ne serait-ce qu'une amorce d'aurore. Et pourtant son infaillible instinct lui faisait sentir que le soleil devrait déjà se lever. Les chiens de berger le savaient aussi. Ils tournaient en rond, inquiets, et couinaient à la porte de cette nuit interminable, porte que le patron n'ouvrait pas, ne laissant pas sortir le soleil.
— Peut-être s'est-il égaré dans ces champs célestes ?
— Ça arrive que le patron ne se réveille pas... On aboyait à la porte, jusqu'à ce qu'il se réveille.
— On rentrait de notre garde de nuit directement à la cheminée. Les pommes de terre cuisaient dans la marmite, le lard grésillait, le feu réchauffait, et dehors il gelait et neigeait ! C'était le paradis ! Le paradis — se rappelaient-ils tout bas. La voix tonnante de Rex interrompit ces évocations.
— Vers le levant ! En route ! — l'ordre survolait les foules de milliers d'individus, jusqu'à atteindre les confins du campement. Les troupeaux se levaient paresseusement ; ils étaient engourdis, transis et affamés. Obéissants par passive habitude, ils s'ébranlèrent en formation relativement disciplinée, cheminant droit à-travers des solitudes embrumées. Les hurlements et les crocs des loups les incitaient à se presser.
— Où est le soleil ? Où est le jour ? Où ? — murmuraient-ils en se lamentant tristement.
Les grues ne leur chantèrent pas leur chant matinal quotidien.
Ils se traînaient la tête basse, s'arrêtant pour n'importe quel motif, et rongeaient les feuilles amères de buissons inconnus. Un givre épais

craquait sous leurs pattes qui de ci de là passaient au travers de fines plaques de glace, blessantes comme des lames de couteau. Et avec cela ils avançaient complètement à tâtons, dans une grisaille où l'on n'y voyait pas à un pas, se cognant à chaque instant et trébuchant sur quelque pierre, quelque arbre, ou sur eux-mêmes, si bien que régulièrement éclataient des engueulades et des bagarres.

— On va se rompre les quilles ! Où nous conduisent-ils ? C'était toujours si plat dans les champs ! — gémissaient-ils.

Les aiguillonner ne servait pas à grand-chose, ils avançaient avec toujours plus de mauvaise volonté, craintifs et apathiques. Des groupes complets se détachaient des rangs et, se laissant distancer, s'affalaient par terre, tels des troncs sciés à la base. D'autres s'arrêtaient soudain, craignant de bouger de place, et beuglaient à tue-tête. Cependant, les crocs et les griffes des loups permettaient pour l'instant de regrouper le troupeau et de le faire avancer. Mais toutes les attaches étaient en train de se rompre et il devenait difficile de les contraindre à tant soit peu d'obéissance. Cette migration se muait en indescriptible torture. Il n'y avait plus de jour, plus de nuit, ni de période bien définie dans la journée, et donc s'insinuait un désordre toujours croissant. Ils dormaient quand ils en avaient envie, et se levaient quand cela leur chantait. Ils prenaient des repos de plus en plus longs et fréquents et, grappillant pour se nourrir même les mousses et les malheureux lichens, étanchant leur soif en léchant des glaçons, ils repartaient du pas tragique des condamnés. Des groupes entiers préféraient rester et crever sur place que continuer à souffrir de cette façon. Même l'espoir s'éteignait en eux et cette mortelle et monotone grisaille, qui ne lâchait prise à aucun moment, les achevait. Le temps s'en trouvait extraordinairement ralenti et cette cécité contrainte leur sortait par les yeux. Ils perdaient même leurs séculaires instincts. Ils étaient peu nombreux, dorénavant, à sentir la tombée de la nuit ou le lever du jour. Ils marchaient et marchaient interminablement, incapables d'appréhender si cette migration leur prenait des jours, des semaines ou des années ! Il leur semblait qu'ils erraient depuis une éternité et qu'ils allaient toujours se traîner ainsi, dans ce tombeau gris, incommensurable, affamés, mortellement épuisés, pas encore morts, mais livrés en pâture à une mort lente, affreuse. Et le jour miséricordieux ne venait pas, pas un seul charitable rayon pour briller, pas un seul. Leurs souffrances augmentaient de jour en jour et ils voyaient grandir en eux une telle désespérance que toutes leurs doléances s'apaisaient, que les plaintes se taisaient, qu'il n'y avait plus assez d'énergie pour protester, qu'ils se traînaient pareils à d'innombrables cortèges de fantômes somnolents, apathiques, au sein desquels de temps en temps seulement jaillissait un beuglement de désespoir, isolé et déchirant, en direction d'un ciel invisible.

Finalement Kulas partit en éclaireur, il resta absent assez longtemps ; il revint avec les yeux éteints.

— Je n'ai pas rencontré le soleil. Nulle part, nulle part, nulle part — couinait-il douloureusement. J'ai couru au levant ; je l'ai cherché au couchant ; j'ai parcouru aussi les brouillards en direction du midi, c'est partout cette même affreuse nuit, impénétrable. Pas un seul rayon nulle part ! — se désespérait-il.

Puis Rex galopa par le vaste monde sur son étalon noir, comme une tempête piétinant tout sur son chemin. Et revint également bredouille. Une écume sanglante lui bavait des crocs et ses yeux brillaient lugubrement. Il se jeta à terre auprès des chiens de berger et pendant un bon moment ne fit qu'haleter de fatigue. La nouvelle de son expédition se répandit comme une traînée de poudre et bientôt les foules impatientes l'entourèrent, n'aspirant ne serait-ce qu'à de l'espoir.

— La nuit nous isole encore pendant de longues marches — il ne voulait pas et craignait de révéler toute la vérité. — J'ai rencontré des grues... elles m'ont chanté que dans quelques jours cela s'éclaircirait... elles ont vu le soleil... il revient sur terre... N'ayez pas peur... Encore quelques jours à tenir ! De la patience... Du courage... — bredouillait-il solennellement.

— Attends le petit-père été et les loups mangeront la petite jument ! [9] — grogna l'un d'eux, mécontent de sa relation.

— Seul l'homme peut nous sortir de ce pétrin — retentit un beuglement plein d'insolence.

— Silence ! Qui répétera ce nom ne fera pas long feu — se fâcha Rex en découvrant ses crocs.

— Juste — confirma Kulas — mais en attendant nous dépérissons, les troupeaux n'ont plus que la peau et les os...

— C'est là que ça te fait mal — aboya-t-on méchamment. — Tu commences à manquer de viande grasse.

— Des os desséchés, sans moelle, ce sont de misérables raclures.

— Les loups balaient le sol de leurs bedaines et ils se plaignent encore — rajoutaient les chiens en aboyant.

---

[9] Traduction littérale d'un dicton populaire.

— Vous non plus vous ne vous nourrissez pas d'herbe ! Vous rêvez des rogatons des chaumières, de détritus...
— Que ta langue te pourrisse dans ta gueule. Il faut bien que nous nous nourrissions de charogne et de ce qui vient. Mais nous ne massacrons pas.
— On ne vous empêche pas de profiter de nos restes... Vous pouvez vous servir...
— Dégoûtant merdeux ! Plutôt mourir de faim que vos restes, ils puent votre odeur à une demi-journée de marche à la ronde. Bons peut-être pour les renards et les vautours !
— Les chiens et les loups ne sont pas pressés d'arriver.
— Ils vivent sur notre dos ! — des têtes se levaient à différents endroits.
— Où est le soleil ? — s'élevèrent soudain de menaçants beuglements. — Conduis-nous ! On a assez de cette errance ! On a froid, il fait sombre, on a faim et on vit dans la terreur. Sauve-nous, car nous allons périr ! Rends-nous le jour !

Rex, craignant que les choses ne s'enveniment, sauta sur son étalon et, entouré d'une triple protection de crocs de loups et de chiens, se frayait un passage à travers les foules tumultueuses et les apaisait.

— C'est pour bientôt — aboyait-il à pleins poumons. Le soleil nous attend derrière les brouillards ! Et dans quelques étapes à peine, il nous illuminera les yeux, nous réchauffera et nous montrera à nouveau les merveilles du monde...

— Avant que le soleil ne se lève, la rosée nous aura rongé les yeux...
— Cette nuit nous dévorera jusqu'au dernier sabot... Où sont ces paradis ! Tu les as promis ! Conduis-nous-y.
— Ils sont devant nous... On y arrivera bientôt... Seront récompensés les endurants et les courageux... Seuls périront les sceptiques et les timorés. Mais ceux qui auront patiemment tout supporté seront dignes du bonheur...

— Donne-nous à manger ! Donne-nous à boire ! Donne-nous un toit ! Nous sommes en train de crever !

— Tenez-bon ! — hurla-t-il de toutes ses forces. — Notre misère va bientôt prendre fin ! Et souvenez-vous, les malheurs qui nous accablent sont dus à l'infamie des hommes. Ce sont eux qui nous ont noyés dans les brouillards, ce sont eux qui nous ont caché le soleil, ce sont eux qui nous affament et nous transissent de froid. Ils se vengent sur nous. Ils aspirent à nous briser et nous contraindre au retour. En nous torturant par la faim et la nuit, ils veulent nous réduire en esclavage, sous leurs fouets et leurs jougs. Il se peut même qu'ils apparaissent d'un moment à l'autre parmi nous, pour tenter les faibles et les sceptiques. Mort aux perfides tyrans ! Ils vont vous attirer par la pitance et leurs bonnes grâces. Ne faites pas confiance à ces immondes serpents, car ils vont vous sucer le sang, comme ils l'ont fait jusqu'à présent. Pour une mesure de misérable nourriture, ils feront à nouveau de vous des esclaves. Ne vous laissez pas faire ! Leur règne est fini ! Haut les cœurs ! Ne vendez pas votre liberté rachetée par le sang ! Tenez bon, et de nouveau, à vous toutes les granges pleines et les meules, tous les champs et les prés ! Le soleil aussi sera à vous, et la chaleur, et les sources vivifiantes. Et vous aurez toute l'ombre que vous voulez pendant les canicules, et des abris pour vous protéger des intempéries, et de moelleuses litières ! Et aucune contrainte, aucun impôt de travail ni de sang, aucun devoir, ni même devoir de reconnaissance. Camarades, amis, frères, je vous affirme en toute certitude qu'arrivent des jours d'infinie félicité. Je les vois déjà, je les sens, ils sont déjà derrière ces brouillards. Vous voyez là-bas, au levant, ces lueurs encore pâles, elles annoncent déjà l'aurore, ces saintes messagères du jour imminent... — hurlait-il avec une joie léonine ; des beuglements pareils à un joyeux grondement de tonnerre printanier lui répondaient. Ils se couchaient ensuite pour se reposer, affamés à vrai dire, mais remplis d'un espoir confiant.

— Tu as menti comme un corniaud juif — grogna Kulas, s'étirant à ses côtés. — C'était bon pour ces bestiaux, mais moi j'exige la vérité. Il me faut la connaître ! J'admets que jusqu'à présent nous avons fait bombance. Certains des miens ont pris du ventre. Mais cela commence à sentir mauvais pour moi... Je dois penser à moi. Votre révolte peut mal se terminer pour nous. Je ne parierai pas un os rongé que vous ne ferez pas demi-tour demain. Vous n'arriverez pas à vivre en liberté. Quand vous reviendrez, les hommes vous recevront avec la meilleure pitance, et nous, avec des balles. Et si ce stupide bétail, rendu fou furieux par la faim, encorne ses chefs et les piétine sous ses sabots ! Je n'aime pas les cohues ! Ce serait une honte insigne pour le fils de mon père de se faire déchirer par des groins. Des différences trop importantes nous séparent. Nous sommes libres depuis la nuit des temps et le resterons. Et vous, vous vous sentez mal sans le fouet, les cabanes, les chaînes et une écuelle devant vous. Tu as soulevé les troupeaux, au nom de quoi ? En leur disant qu'ils allaient bâfrer, roupiller, se reproduire, vivre sans soucis et mourir de la mort des parasites. Ces idéaux ne sont pas ceux des loups ! Notre élément, c'est la lutte, la ruse, la victoire et le libre cours de la vie ! Même à la mort nous ne nous livrons pas de bon gré — confessait Kulas avec une étonnante franchise. — C'est vrai que le jour va revenir tout de suite ? — demanda-t-il inopinément.

— Il va revenir — aboyait-il de ses crocs, troublé par sa sincérité. — Les grues l'annonçaient en volant.

— Première nouvelle pour moi, que tu les as rencontrées.

— Tu m'espionnes maintenant, sac à poux ! — s'emporta-t-il.

— Les gardes t'ont suivi comme d'habitude. Tu ne l'as pas interdit. — il s'écarta un peu de lui.

— Je n'ai que faire de votre protection ! Je ne crains rien au milieu d'amis.

— Certainement, mais il peut se faire qu'un sabot fraternel, des cornes amicales, un groin fidèle, involontairement accrochent tes flancs, ça arrive même entre amis — persiflait-il benoîtement.

— Ils me sont dévoués. Ne les ai-je pas sortis de la maison de l'esclavage ? Je suis leur chef et leur frère.

— C'est justement pourquoi il est plus sûr de se tenir à une certaine distance d'eux ! Et sans qu'ils le sachent.

— Tu ne comprends pas notre société. Tu ne comprends que le meurtre et l'extermination ! Et des procédés de bandit...

— Je n'aime pas les aboiements qui imitent la parole. Tu te prends pour le plus sage. Des hommes tu as pris les coups de bâton, mais tu n'as pas pris leur cerveau ! L'orgueil t'a empoisonné. Tu n'as jamais été libre et tu ne comprendras jamais ce qu'est la liberté. Qu'est-ce qui t'a soudé au troupeau ? La haine de vos maîtres communs. Et au lieu de leur sauter à la gorge, de te gorger de leur sang, et de te venger à coups de crocs, tu as soulevé contre eux cette gueusaille d'esclaves, et en même temps tu as dû te mettre au service de ce stupide bétail ! Tu t'es abâtardi, chien ! Et si tu n'as pas tes objectifs à toi, secrets, et ne recherches que leur bonheur et leur bien, tu es encore cent fois plus stupide en supposant qu'on peut en faire un peuple libre. Mais peut-être as-tu pris goût au fumet du pouvoir ! Je ne comprends pas qu'on puisse apprécier le fumet du pouvoir sur des moutons. Soyons bref : pourquoi existent donc toutes ces cornes, ces sabots, ces groins et je ne sais quels autres ? — Afin que nous ayons de quoi manger. C'est nous qui sommes vraiment libres, les seuls seigneurs et maîtres des forêts et des champs ! Seul l'homme est plus puissant que nous, mais toi, même cela te dépasse...

— Pourquoi es-tu venu avec nous ? — s'entendit-il reprocher par

Rex.

— Parce que je t'aime, frère chien. Et puis je voulais changer de décor, de compagnie et m'aérer la fourrure. Mais j'en ai déjà assez de cette société. Des rustres invétérés et de plus tellement stupides qu'ils ne suscitent même pas la compassion. De la chair fraîche et rien d'autre. Compte tenu de cela, tout intérêt intellectuel tombe — le provoquait-il à dessein.

— Tu as juré obéissance — lui rappela sèchement Rex — j'ai besoin de toi.

— Pour activer les fainéants et éveiller crainte et soumission face au pouvoir. Nous sommes tes fidèles serviteurs.

— Les moutons pourraient en témoigner...

— Est-il concevable qu'une brebis mange un loup ? — sa bedaine en trembla de rire. — J'aime réfléchir à la finalité dans la nature. Ne serait-il pas contraire à toute logique que les moutons, par exemple, crèvent de vieillesse ?

Rex se tut et ils s'endormirent en même temps. Un froid mordant les réveilla.

— Et de jour, il n'y en a toujours pas ! — couina Kulas, se secouant du givre qu'il avait sur lui.

— Il va venir ! J'ai dit ! — répondit fièrement Rex, donnant l'ordre de se mettre en route.

Les troupeaux s'ébranlèrent dans un ordre depuis longtemps oublié et avec une énergie que fortifiait l'allégresse.

— Encore trois étapes — expliquaient les chiens. — Une, et une, et une !

La première étape, ils avancèrent en se pressant, la deuxième fiévreusement ; la troisième ils fonçaient comme des déments, mais le jour ne brilla point. Les lourds rideaux de brume ne se déchirèrent pas un seul instant. Une paroi grise, opaque, les enfermait de tous côtés, et les isolait de la lumière et du soleil.

Les espoirs brutalement réveillés battaient la breloque, et les ténèbres du désespoir obscurcissaient les âmes. Force et volonté leur firent simultanément défaut pour continuer leur migration, si bien qu'ils s'écroulaient par terre par dizaines de milliers — ils s'écroulaient comme pris dans l'étreinte d'une mort miséricordieuse, mais qui ne les sauvait pas ; le sommeil non plus ne voulait apaiser les animaux exténués, même le repos ne leur apportait ni force ni oubli. Et donc, emportés par la cruauté du sort, ils fonçaient à travers le vaste monde, là où leurs pas les portaient, jusqu'au dernier souffle, aiguillonnés par la faim et la peur.

Qui d'entre eux savait combien ils passèrent de ces horribles nuits et journées ? La seule chose qu'ils constatèrent c'est que nulle part il n'y avait de jour, nulle part de soleil, et nulle part de fin à cette éternelle nuit.

— Seul l'homme peut nous sauver ! — décrétèrent les cochons lors d'une halte.

— Le Muet voulait nous sauver et ils l'ont chassé ! — rappelaient ses anciens amis qui étaient du complot.

— Parce qu'il voulait nous remettre en pâture aux hommes ! — expliquait quelque inconditionnel.

— Et alors ! Qu'avons-nous à faire de la liberté ! Nous périssons ! La nuit nous dévore, ainsi que la famine ! Ils nous ont trompés.

— A la maison ! chez les hommes ! — sanglotèrent dans les ténèbres des langueurs et des révoltes encore jamais vues.

Personne ne trouva le sommeil en cette heure habituelle de repos. Une sourde effervescence s'emparait de masses toujours plus nombreuses. Le sentiment d'une affreuse injustice commençait à se graver sous les crânes épais. Ils finirent par réfléchir et soudain il devint clair pour tous qu'ils s'étaient livrés pieds et poings liés au bon vouloir de Rex. O infortune ! Ce n'était pourtant qu'un chien, — un chien révolté sans collier ! O maudit moment d'égarement ! Et où allait-il les mener ? Au tréfonds du malheur ! Et comment les avait-il séduits et arrachés à leurs nids et gîtes séculaires, à leur mode d'existence séculaire ? Avec une stupide fable sur le bonheur ! Avec une minable fantasmagorie. Ces famines endurées, ces froidures et ces maladies, ce n'était rien comparé à cette torture d'errance au milieu de brouillards aveugles, à ces infinitudes grises, désertes. Seule leur restait la mort, unique planche de salut. Encore quelques étapes de ce genre, en effet, et ils tomberont tous. Fuir ! Fuir et s'en retourner ! L'idée émergea, éblouissante. La nuit partout ! Comment s'en extirper ? Où fuir ? Les doutes commencèrent à tirailler et lacérer les troupeaux de leurs becs de vautour. L'homme nous sortira de là ! L'éclair brilla dans leurs yeux aveuglés. L'homme nous sauvera ! Ce murmure religieux fit couler son apaisante rosée sur le campement — murmure de soumission, d'effroi et de craintive imploration. L'homme ! Les respirations prenaient un rythme joyeux. L'ancre se ficha au plus profond des cœurs. Les coups de tonnerre peuvent bien pleuvoir, les ouragans se déchaîner, ils avaient atteint un port sûr, une douce vague soulève cette nef salvatrice, et comme elle les berce, les blottit contre soi, leur chante merveilleusement le bonheur perdu !

Le monde était dans le froid. Les haleines gelaient. Ils se serraient les uns contre les autres. Une cruelle infortune réunissait même les ennemis. Soudain l'espoir qui s'était réveillé s'enflamma en amitié et compassion. Ils aspirèrent à fraterniser. Les moutons accueillirent parmi eux les cochons tremblant de froid. Les pouliches cherchaient à se réchauffer au milieu des chiens. Les impressionnants poulains, avec une confiance enfantine, se serraient contre les loups à l'épaisse fourrure. Même les chiens de berger qui montaient la garde aux confins du campement s'allongèrent auprès des vaches. Ils cherchaient l'un auprès de l'autre chaleur et réconfort. Un apathique et silencieux épuisement s'empara de tous. Seuls leurs cerveaux voyaient défiler d'extraordinaires fantasmes ; d'impalpables chuchotements grouillaient de partout, et parfois une voix retentissait et mourait sans écho, faisant frémir les oreilles et se relever les têtes. Par moments on avait l'impression que flottaient des effluves de trèfle et de tendres céréales ; les naseaux dilatés les aspiraient longuement avant de les voir se muer en l'âcre puanteur du fumier sur lequel ils couchaient. Des lamentations saluaient l'envol de ces chères illusions. Ils s'en défendaient comme ils pouvaient, mais leurs cerveaux rêvaient éveillés d'informulables bizarreries, de souvenirs embrumés, merveilleux, et de choses qui semblaient sans existence aucune. Et lorsqu'enfin le rêve se fut envolé et que leurs paupières cadenassées commencèrent à s'ouvrir au lointain passé, la tristesse s'abattit sur eux. Elle naquit de ces tourments, peurs et misères, comme une brume délétère sortant de sables mouvants marécageux. Et une puissante vague les submergea, les ballottant furieusement sous les cieux, dans ces solitudes glacées sans soleil ni étoiles, ou les précipitant dans l'abîme, au fin fond des terreurs, des craintes et de l'épouvante. Et avant même qu'ils ne reprissent leurs esprits, elle les rejetait sur les plages de golfes paisibles et enchanteurs, d'où leurs yeux s'envolaient dans des lointains sans limites, des espaces inondés de soleil, des champs fleurant bon la fumée d'implantations humaines. Ou encore elle emportait les cœurs, à l'instar d'un aigle en présence d'un agneau sans défense, dans les serres cruelles et rapaces du chagrin, du désespoir et d'une souffrance qui les déchirait sans désemparer. Et l'instant d'après elle s'écrasait de tout son poids, terrible, et les fracassait sans pitié, les roulait dans la boue, leur faisant sentir toute l'horreur d'une existence sans soleil, sans lendemain, et même sans espoir. Ils commencèrent à regimber, se retourner d'un côté sur l'autre, courir en rond, râcler le sol de leurs sabots, et s'égailler dans le vaste monde. Ils n'avaient pas brisé leurs chaînes, la nostalgie enserrait leurs âmes de ses anneaux reptiliens et les étouffait avec une croissante cruauté. Des gémissements rauques s'échappaient de leurs gosiers, leurs lourdes têtes se cognaient contre le sol, et cette étrange et indicible douleur les secouait tellement qu'ils tombaient dans un mortel épuisement, devenant les jouets du sort. Des larmes brûlantes se mirent à couler, et le martyre final commença à poindre, sauvage et enivrante volupté. O mort salvatrice ! Tout ce qui existait éclata en sanglots. Soudain s'extirpèrent peu à peu de leurs sombres oubliettes les spectres de certains souvenirs. O grâce divine ! Les jours défunts ressuscitaient. Leurs regards égarés de stupéfaction contemplaient le spectacle des champs que magnifiait le printemps, d'étés matures, de longues nuits pénétrées de silence, et quelque chose résonna en eux, comme une chanson entendue quelque part, il y a longtemps de cela. O bienheureux miracle ! Une chanson sur quoi ? Sur quoi ? Les brouillards se dissipaient, les voiles tombaient des yeux. Comment était-ce ? Quand était-ce ? Et où ? Avec un frisson d'incrédulité ils s'immergeaient dans des tableaux mouvants. Leurs anciens maîtres évoluaient au milieu d'eux ; leurs yeux effrayants luisaient dans les ténèbres, leurs voix, qui les faisaient frissonner de terreur, résonnaient au-dessus de leurs têtes aplaties contre le sol. Mais, ô merveille, plus personne n'en avait peur. La douce impuissance de la soumission paralysait les cœurs. Leurs langues voulaient effleurer ces mains bienfaisantes, les échines et les têtes elles-mêmes se tendaient sous leurs bienveillantes caresses. Quelle paix s'emparait de l'âme ! Comme jadis, comme avant, comme cela était de tout temps. Et les souvenirs s'écoulaient en une douce brume sentant la fumée, embaumée d'odeurs d'étable, de champ et de fourrage. Des crépuscules gonflés de chaleur, rougeoyant au couchant, opacifiés par le poudroiement doré des routes, pleins de beuglements, de bruits de chariots. Ils rentrent par groupes, ils rentrent la bedaine lourde, ils rentrent le ventre plein. Les rejetons d'hommes braillent, de temps à autre l'un d'eux leur flanque un coup de fouet ! Un coup de langue maternel ne serait pas plus doux. Les puits à balancier grincent, l'eau fraîche, revigorante, enivrante, clapote dans les abreuvoirs. Les os sont endoloris par l'effort, quel plaisir de se coucher sur une paille sèche, dans le noir et au chaud, dans le bourdonnement somnifère des mouches. Et pas besoin de se préoccuper de rien. Seulement s'en remettre au maître, à lui de veiller à ce qu'il ne nous manque rien. N'était-ce pas ainsi depuis des siècles, des milliers de générations, et cela devrait toujours être ainsi, toujours… Les souvenirs se pressaient, extirpés par une dévorante nostalgie.

— Seuls les sots se révoltent contre des lois immémoriales.
— Et pour les avoir violées, ils paient un lourd tribut.
— Il fallait m'écouter ! Je savais comment cela se terminerait ! — ruminait acrimonieusement Srokacz[10], un vieux bœuf ayant une corne cassée.
— Ce galeux de chien nous a tout ravi. A quoi me sert de préserver ma laine ! — bêla un bélier.
— Il a volé notre bonheur, il a volé notre vie ; il nous a jetés sur les chemins de l'errance et nous a donnés en pâture à la misère.
— Il fallait m'écouter ! — se mettant en avant, le bœuf s'efforçait de dominer les beuglements de tous les autres.
— C'est la faute de Rex et de Kulas ! Qu'on les piétine ! Qu'on les déchiquète sous les sabots ! — fulminaient les béliers.

Un beuglement général leur fit écho et résonna longuement en sanglots plaintifs, accusateurs et courroucés.

— Assez de cette poursuite de vent ! Rentrons !
— Ils se sont engraissés de notre misère. Les voilà qui balaient le sol de leurs bedaines.
— Et il pérorait si bien, avec tant de cœur et tant de générosité ! — déplorait une vieille truie.
— On pourra toujours attraper un sot avec un filet et des grelots de promesses — pérorait sentencieusement Srokacz.
— Où est le Muet ? Il était toujours avec nous. Lui se souvient du chemin du retour et nous rendra service.
— Qu'il nous guide ! Le Muet ! Le Muet ! Des voix de plus en plus nombreuses se joignaient à l'appel. Ils se mirent à le rechercher au milieu des masses et dans l'obscurité. Quelqu'un l'avait vu il y a peu de temps. Quelqu'un rappela avec attendrissement ses séditieuses incitations à faire demi-tour. Quelqu'un s'étendait sur son intelligence et sa bonté, et tous le voyaient encore chevauchant devant eux sur son énorme étalon. Les troupes s'échauffèrent, des espoirs de salut s'éveillèrent soudain. Tous les yeux fouillaient le brouillard à la recherche de cette frêle silhouette. On l'appelait à chaque instant dans une autre direction. La fièvre embrasait les imaginations. Ils le cherchaient avec une impatience toujours croissante. Ils le cherchaient des yeux, ils l'appelaient de la voix, les soupirs volaient vers lui. Le sang leur montait à la tête, leurs yeux lançaient

---

[10] « Le grisonnant ».

des éclairs de folie. Il devenait l'unique sauveur, désigné par le désespoir, et la seule, ultime, espérance — si bien que des yeux pleins de langueur finirent par l'apercevoir et le désigner aux autres.

— Il est là-bas ! Devant nous ! Vous le voyez ! Il nous indique le chemin de sa main !...

Tous l'aperçurent en même temps : un gigantesque fantôme se dessinait dans les brumes, conforme à l'ardent désir de leurs cœurs.

— Suivons-le ! Qu'il nous guide ! Conduis-nous ! Secours-nous ! Sauve-nous ! Suivons-le !

Un beuglement pareil au tonnerre éclata, et l'ensemble des troupes se ruèrent à la suite de ce fantôme.

Ne restèrent que Rex et sa garde rapprochée, ne comprenant pas ce qui était arrivé.

— Ils reviendront — rassurait Kulas — ils sont partis à la recherche du soleil. Le bétail peut-il savoir ce qu'il fait ?

— Et ils vont à nouveau se bousiller sans compter.

— Il en restera toujours assez pour nous.

— N'aboie pas de bêtises ! J'ai beaucoup de chagrin pour eux. Et le bonheur c'est encore loin…

— La pitié est la vertu des esclaves. A cause d'une sotte pitié, les rois et les royaumes périssent.

— Principes en vigueur chez les loups ! Avec des crocs tu établiras ton règne sur le monde, mais tu ne le maintiendras pas.

— Ecoute-donc, roi des esclaves, moi je ne veux pas régner, je veux simplement vivre pour moi-même… vivre libre !... Et ils continuaient leur controverse, cependant que les troupes prises de folie se pressaient à toute force sur les traces du Muet. Elles avaient l'impression de le voir juste devant elles. Son énorme silhouette se détachait, fantomatique, sur le fond gris de la nuit — il galopait sur son cheval, une cape flottant au vent lui tombait des épaules, nuage écarlate, sa tignasse couleur de lin brillait de l'éclat de la lune ; il pressait la princesse sur sa poitrine, et de la main droite pointait quelque part devant lui. Ils avançaient en rangs serrés, ne le quittant pas des yeux. Ils grondaient comme une vague sans retenue, brisant tous les obstacles sur son passage. Ils ne comprenaient qu'une chose : ils revenaient dans leurs foyers ; ils revenaient chez les hommes, ils revenaient au bonheur perdu. Sans désemparer résonnaient leurs beuglements de triomphe, d'allégresse. Ils étaient emportés comme sur des ailes. Leurs naseaux sentaient déjà les pousses vertes du blé d'hiver dans les champs, les alouettes leur tire-liraient dans l'âme, une brise parfumée par la verdure printanière rafraîchissait leurs yeux enfiévrés. Plus vite ! Plus vite ! Plus vite ! Les impatiences éclataient avec toujours plus de violence. Et personne ne saisissait combien de temps déjà durait cette course à la chimère. Personne non plus ne se plaignait des difficultés et souffrances qu'elle comportait. Des milliers, affaiblis, restaient abandonnés derrière, des milliers périssaient sous les sabots de leurs propres frères, mais le reste fonçait sans répit. Encore un saut — et le jour se dévoilerait, les villages apparaîtraient, le soleil s'illuminerait ! Plus vite. En avant. Plus vite.

A un moment donné, sans crier gare, leurs têtes percutèrent des éboulis rocheux, si bien qu'ils furent nombreux à s'abîmer, brisés, dans d'invisibles crevasses. Leur barrèrent la route des eaux noires, paresseusement agitées, d'où jaillissaient sans arrêt dans le ciel d'un noir d'asphalte de gigantesques colonnes de feu. De monstrueuses créatures ailées brasillaient dans des vapeurs sanglantes. La terre tremblait. Les rochers sur les bords s'effondraient continuellement. Pas même un murmure n'annonçait quoi que ce fût. Même les beuglements de terreur s'étouffèrent dans leurs gosiers sans voix. Un silence de mort régnait sans partage. Le fantôme du Muet s'évapora dans ces solitudes sépulcrales. Les vagues maculées de sang commencèrent à gonfler silencieusement, se soulever et de leurs longues langues lécher ceux qui se tenaient le plus près. Ils se reculaient, terrorisés par ce nouveau danger. Les eaux se haussèrent comme pour les atteindre et, dangereusement montées, s'insinuaient de plus en plus profondément dans leurs rangs, arrivaient par les côtés et, embusquées, les saisissaient brutalement dans leurs rapaces remous.

Une peur mortelle les rejeta au loin et les précipita dans une fuite sauvage, éperdue…

Ils couraient, ayant perdu la tête et sans but, et se heurtèrent à un maquis d'épineux, impénétrable. Ils firent demi-tour et après une longue course s'enfoncèrent dans des marécages, sièges d'émanations délétères, où rampaient des feux follets verdâtres, ressemblant à des yeux de loups. Ils firent demi-tour à nouveau et cherchaient une issue dans une autre direction, avec l'obstination du désespoir. Ils tournaient dans une espèce de cercle maudit, ne pouvant s'en extirper à aucun prix, en dépit de tous leurs efforts et souffrances. Ils aspiraient à la lumière, ne serait-ce qu'à la lueur des étoiles, ne serait-ce qu'à l'aube la plus blafarde — mais les brumes voilaient toujours le monde, des nuages étaient toujours suspendus au-dessus de leurs têtes, cotonneux et opaques, et toujours les égarait cette nuit éternelle, infinie. Nulle part il n'y avait d'issue, nulle part il n'y avait de secours. Et leurs yeux, que le tourment injectait de sang, cherchaient en vain le Muet. En vain toutes les langueurs l'appelaient-elles de leurs hurlements, au point que la nuit s'emplit de la pathétique lamentation et des pleurs d'abandon des moribonds.

Ils ressemblaient à une mer emprisonnée pour des siècles entre des bords escarpés et rapprochés, et se débattant éternellement avec son destin.

VII

On devait déjà approcher du petit matin quand Rex, dormant sur le monticule à l'abri de buissons, se secoua énergiquement de la rosée qui dégoulinait abondamment des branches retombantes. Il renifla — il soufflait un vent humide et tiède ; les brouillards aussi moutonnaient bizarrement, l'air réchauffé laissait présager un changement. Il se secoua encore une fois et promenant son regard sur ces obscures turbulences, se figea de stupéfaction : çà et là scintillaient des étoiles. Il se laissa tomber, retint sa respiration, et ne releva la tête qu'après un long moment de trouble : tout là-haut, au-dessus des brumes qui rapidement tombaient au sol, papillotaient des milliers d'astres. Il ne fit pas un bond, ni n'aboya, ni ne bougea d'un pouce mais, se contentant d'apaiser son cœur qui battait la chamade, braquait des yeux enfiévrés sur ces étincelles d'argent. Une telle chaleur le submergea, de tels frissons brûlants le secouaient qu'il ne cessait de se rafraîchir, léchant des feuilles et des branches humides.

Les brumes, se raréfiant, tombaient et sur les prairies bleu marine des cieux s'épanouissaient de plus en plus abondamment les fleurs rayonnantes des étoiles.

— Elles brillent à nouveau ! — jappa-t-il in petto, de crainte d'effaroucher cette vision. Il la prenait pour une hallucination onirique, et pour ne pas la dissiper et l'effaroucher, il fermait bien fort les paupières, et l'instant d'après les relevait lentement, prudemment, dans l'expectative.

Mais le miracle persistait.

Il resta longtemps en contemplation, pénétré d'une religieuse et muette reconnaissance, parcouru de frissons de bonheur. Les brumes s'accumulaient au sol en moutonnements blanchissants, au point de laisser émerger par endroits des collines chauves et les cimes noires des arbres.

— Le jour arrive. — Un cri de joie, dément, montait en lui.

Soudain il fut emporté par l'envie de bondir au milieu des troupeaux endormis ; il voulut les réveiller, aboyer et hurler au monde entier cette miraculeuse nouvelle — que cette horrible nuit était finie et que dans un moment le soleil se lèverait. Mais il ne pouvait bouger, ne trouvant même pas la force de se battre les flancs de sa queue, mais simplement se serra plus fort contre terre, se mit à trembler, grinçant fébrilement des crocs.

Et le jour pointait comme à son habitude ; le ciel pâlissait, les étoiles s'éteignaient, les prémices de l'aurore commençaient à rosir au levant, et sur terre, sous les brumes agitées, se répandaient, comme d'habitude à cette heure, les chœurs de reniflements et de mugissements en rêve. Les troupeaux dormaient comme des loirs.

Ce sommeil, anormalement profond à ce qu'il lui sembla, l'inquiéta.

— Beaucoup ne se précipiteront plus au-devant de l'éclat du soleil — pensait-il, sans pour autant réveiller qui que ce fût. Il se ramassa soudain, et jeta un regard plein de défi aux portes du levant en train de s'ouvrir — il savait à nouveau où conduire ses troupes.

Soudain dans les hauteurs immenses résonnèrent des milliers de battements d'ailes, et retentit le trompètement des grues — elles marquaient de leurs V à peine grisonnants les pâles lueurs du jour. Le bruit, de plus en plus fort, se rapprochait toujours davantage du sol, jusqu'à ce que, ayant réveillé les troupeaux, il s'élevât de nouveau dans les airs et s'envolât dans la direction du soleil encore lointain.

Les loups hurlèrent à l'unisson, et les autres commencèrent à péniblement se lever.

Kulas apparut chamboulé d'étonnement.

— Les grues. Alors le jour aussi ne va pas tarder.

— Je l'avais dit ! Ils vont devenir fous en voyant le soleil — grogna Rex, donnant l'ordre de la marche. Mais personne ne semblait pressé de se mettre en route. Ils promenaient sur le ciel et la terre le regard de leurs yeux abasourdis, terrorisés, ne comprenant rien encore à ce changement miraculeux. Leurs os leur faisaient mal, la faim les tenaillait, et une mortelle fatigue avait tellement épuisé toutes leurs forces, qu'ils étaient incapables de ressentir leur propre salut. Et lorsque les restes de brumes eurent accroché aux buissons leurs blancs lambeaux et qu'un jour grisâtre se présenta à leurs yeux — ils se regardèrent avec étonnement, comme s'ils avaient perdu la mémoire de leur ancienne apparence. Ils marquaient un mouvement de recul l'un en présence de l'autre, comme devant d'incroyables apparitions. Sans compter qu'ils avaient un air horrible : leur peau flasque les recouvrait comme de haillons déchirés ; crottés de boue jusqu'au cou, couverts de plaies, de bubons et de fumier, ils donnaient de soi l'image d'une dégoûtante charogne, à peine vivante. Et le campement tout entier n'était qu'une seule mer de fange puante, continuellement piétinée par des milliers de pattes. Ils se levèrent avec mauvaise volonté, avec des gémissements de sourd désespoir, comme si ces lueurs du jour naissant les rendaient encore plus malheureux. Quelque inexplicable haine et dégoût les repoussaient d'eux-mêmes. Et ils ne sautèrent pas de joie, comme Rex l'avait supposé, mais au contraire ces yeux clairs et intelligents du jour qui, impitoyablement, leur montraient la réalité dans sa nudité, éveillèrent en eux d'amers regrets et de l'inquiétude — l'aube purpurine au levant leur irritait les yeux, les plates-bandes céladon s'épanouissant dans le ciel leur faisaient mal, la clarté elle-même les terrifiait, elle qui faisait tout apparaître dans sa forme accoutumée et, quelque part, horrible. Ils s'y reconnurent si misérables, minables et dans une telle déshérence — qu'ils se sentirent aussitôt comme un troupeau d'êtres voués à de nouvelles souffrances. Des beuglements de désespoir déchirèrent l'air et déferlèrent longuement, tels une inapaisable tempête, au-dessus du campement. Et malgré les crocs des loups et les aboiements des chiens, les troupeaux refusèrent de se laisser bouger de place.

Une peur inexplicable les lacérait comme avec des griffes. Ils appréhendaient ce jour qui arrivait ; pendant ces longues, impitoyables nuits, ils s'étaient oubliés eux-mêmes, avaient même oublié la vie et avec une tranquille résignation roulaient dans les fosses de la mort. Ils se sentaient si bien, n'ayant qu'à soupirer, maudire et crever. C'était si bon de s'oublier et de ne se sentir qu'une particule aveugle et consentante au sein du grand tout. Et voici que ce jour horrible vous réveille de votre léthargie, vous oblige à vivre et à penser à vous-même. Qui trouvera la force de soulever de tels fardeaux ? Et où leur faudra-t-il à nouveau migrer ? Et pour quoi faire ? Leurs anciennes croyances et espérances avaient péri en eux jusqu'à la dernière miette. Et ils voyaient comme pour la première fois au-dessus d'eux les pâles étendues célestes, les arêtes de montagne en dents de scie, et au loin les espaces vides du monde. Ces immensités leur parurent terribles, et si écrasantes, qu'une frayeur monstrueuse leur ôtait ce qu'il leur restait de lucidité. Leur exaspération sans cesse croissante confinait déjà à la folie ; çà et là se firent entendre des clameurs enragées, des sabots labouraient la terre, la frappant rageusement, et une colère soudaine, irrépressible, les jetait les uns sur les autres. On se piétinait et s'écharpait sans raison. Se réveillaient des griefs et des ressentiments depuis longtemps oubliés. Chacun se sentait lésé et se vengeait sur les autres. Un chaos sauvage, querelleur, s'empara du campement et, pour comble de malheur, d'innombrables trains de rapaces se mirent à survoler les têtes en grondant. Des nuées entières de corbeaux, de vautours et d'aigles arrivaient du nord et, tournoyant de plus en plus bas, croassaient à la recherche de nourriture. Maintes fois ils tombaient en essaims entiers sur ceux qui gisaient à l'écart, les déchiquetant en un clin d'œil. Ils ne craignaient ni sabots ni cornes. Il fallut les loups pour les déloger efficacement, mais ils colonisèrent tous les arbres, les buissons et les hauteurs, attendant patiemment l'occasion.

Le soleil s'éleva soudain au-dessus des montagnes, énorme, rouge, semblable à un œil arraché et sanguinolant, le monde entier se figea, flamboyant et silencieux.

Les moutons se répandirent en bêlements continus, le reste était muet de stupéfaction.

— Ils bêlent comme des cinglés — décrétèrent les vaches agacées, se détournant du soleil.

— Je viens à peine de me réchauffer et voilà qu'il faut à nouveau se soulever la carcasse — récriminait un vieux bœuf, le « Srokacz » — ils montrent le jour pour ensuite le cacher. Qu'ai-je à faire du soleil !

— Les petites fesses n'ont pas vu le soleil, elles ont bronzé sous la lune[11] — vitupérait une truie.

— Ils nous donnent le soleil, mais où sont le fourrage, l'eau fraîche, les étables ?

— Et ils nous font vivre dans un tel merdier, en plein air.

— Et où faut-il encore voyager ? Courir après le vent à travers champs !

— Partout le vent te souffle dans la gueule ! Partout les chiens vont pieds nus ! — grondaient les doléances.

Rex, excédé, renouvela l'ordre de se mettre en route.

— Des vraies têtes de mules. Ils râlent et ne veulent pas entendre parler de départ. — lui rapportaient les chiens de berger.

— Pourquoi ? Ils pleuraient à cause de la nuit — le jour est là ; ils se languissaient du soleil — il brille ; ils se plaignaient du froid — il fait bon ; ils souffraient de la faim — là-bas ils vont pouvoir se rassasier. Et ils ne veulent pas se bouger ?

— Et c'est précisément maintenant que tout cela leur déplaît ! Qui comprendra cette racaille. — grogna Kulas en réponse.

— Ils nous embobinaient avec la nuit, maintenant c'est avec le jour. Ne faites pas confiance à un chien, ne lui obéissez pas. On va se débrouiller nous-mêmes, on n'a pas besoin de se faire commander par des chiens. Ils veulent en finir avec nous ! — les beuglements prolongés des bœufs montèrent de différents côtés.

— Il faut leur apprendre la raison à ces bestiaux — couina Kulas à travers ses crocs frémissants.

---

[11] Traduction littérale d'un dicton populaire.

— Apprends-leur, toi ! Il est grand temps, car moi je ne sais plus quoi faire — répondit Rex en grognant, contemplant les troupeaux pelotonnés sur eux-mêmes. Le désespoir le secouait en tous sens, un désespoir impuissant, car il était impossible de leur faire entendre raison. Le campement se mua en une assemblée permanente de bestiaux déchaînés et abrutis. Toutes les voix des troupeaux se mêlaient en un chaotique et effervescent maelstrom, divaguant d'un bout à l'autre du campement.

Le soleil était déjà haut, chaud et rayonnant, le ciel se déployait en un merveilleux dais d'azur, l'air embaumait, les montagnes au loin étincelaient de neige, et par tout l'univers circulaient des brises printanières, vivifiantes et enivrantes, mais les animaux, sourds à tout cela et même aveugles au verdissement des champs dans le lointain, fulminant de colère, ne savaient même pas ce qui leur arrivait. Régulièrement l'un d'eux sortait des rangs, se faisant l'interprète du mécontentement général, des inquiétudes et du désarroi, mais l'instant d'après, sans crier gare, rossé, piétiné et dégagé sans ménagements, agonisait sous les becs des rapaces aux aguets. Le vénérable, aristocratique bœuf Srokacz, parce qu'il était énorme et beuglait le plus fort, put déblatérer le plus longtemps, essayant de sauver ses compagnons, mais sans savoir comment. Il dut finalement céder la place à quelque taureau qui, se frayant l'écoute à coups de cornes, souleva son énorme tête et fit longuement clapper sa grosse langue dans son mufle, frappa le sol de ses sabots, et beugla à qui mieux mieux, mais seules les génisses, rivant des yeux enflammés sur lui, l'écoutaient et se montraient prêtes à suivre ses volontés.

— Que peut-il bien savoir, celui-là ! Ils le gardaient pour qu'il ne manque pas de veaux, et il vient faire le malin — protestèrent les chevaux, le chassant sans façons.

Puis les cochons firent des interventions pleines de sagesse, grouinant on ne sait quoi l'un à l'adresse de l'autre, agitant leurs groins, prêts à labourer le monde entier et à tout oser, mais eux non plus ne surent donner de conseil salutaire. De ces délibérations ne naissaient qu'un chaos toujours grandissant, de l'énervement, des rixes et de l'abêtissement. Et il en ressortait invariablement qu'ils ne voulaient ni partir avec Rex, ni retourner chez les hommes, ni rester sur place.

Le soleil avait déjà viré de bord que l'air résonnait toujours de milliers de beuglements, bêlements, hennissements et martèlements de sabots ; finalement, le tiède crépuscule les sortit d'embarras et, bien qu'affamés, épuisés de disputes, en proie à l'agitation, ils s'effondrèrent de fatigue sur place, et s'endormirent d'un sommeil de plomb.

Rex, tenu au courant de tout par les chiens de berger, s'adressa enfin à Kulas.

— Qu'allons-nous faire ? — Et il plongea son regard dans la lune qui apparaissait justement dans le ciel.

— Moi je sais ce qu'il faut faire — répondit Kulas en aboyant sarcastiquement, se reculant un peu sur le côté.

Une énorme louve bondit hors des buissons et se dressa près de Rex.

— Moi je vais te dire — grogna-t-elle et, lui léchant le museau, s'allongea à ses côtés.

Cette câlinerie ne fut pas de son goût, mais sa présence l'étonna encore davantage.

— Conduis-nous, seigneur, et ne nous occupons pas de cette viande en train de crever. Ils vont nous suivre. La peur les fera avancer, que feront-ils seuls ?

— N'aboie pas de conseils stupides. Que viens-tu faire ici ? — se fâcha Kulas.

— A moi, mes petits garçons — elle avait remarqué son échine qui s'était ramassée et ses yeux injectés de sang. — J'ai justement un compte à régler avec toi. Tu te sauves devant moi comme un lapin.

— Foutue femelle ! Je ne peux débarrasser ma litière de ce sac à puces. Je te ferai expulser de la troupe. Hors de ma vue — grogna-t-il, se jetant sur elle avec rage, mais avant qu'il ne l'eût crochetée, les louveteaux la protégèrent derrière une barrière de crocs aboyeurs, si bien qu'il eut à peine le temps de s'esquiver.

— Rébellion contre le chef ! — bouillait-il à en avoir le gosier en feu. La colère, la haine et son orgueil offensé lui permettaient à peine de respirer.

— Tes crocs sont en train de pourrir, les mites te bouffent comme un vieil édredon, tu n'y vois plus rien au crépuscule, et tu voudrais encore faire la loi — l'insultait-elle méchamment. — Hier, les veaux t'ont rossé à coups de sabots et tu t'es sauvé ! Et il y a peu de temps les cochons te tripotaient la bedaine de leurs groins ; tu n'osais même pas émettre un grognement. — Ces coups le cinglaient si affreusement qu'il ratissait la terre de ses griffes et faisait entendre des glapissements rauques, attendant le moment opportun pour se lancer à l'attaque.

— En garde, tu n'échapperas pas à la mort. On a assez de tes commandements et de tes ruses ! — Elle poussa un hurlement, se préparant pour un mortel combat. Elle était énorme, la plus grande de la meute, la vraie matrone de la troupe ; sèche et flexible comme une lame de scie, féline, les pattes comme en acier, la gueule crachant le feu et luisante de crocs impressionnants. Son poil sombre était marqué des cicatrices d'anciennes plaies. Sous ses sourcils froncés ses regards sanguinaires lançaient des éclairs. Toute tremblante d'en découdre, elle avait la respiration courte et bruyante.

— Approche ! Approche !

Soudain une centaine de chiens de berger la cerna d'une muraille, et Rex aboya dangereusement.

— Assez de ces histoires. Ce n'est pas le moment de régler ses comptes. — Kulas restera auprès des troupeaux.

L'ordre était comminatoire ; la louve, rampant jusqu'au niveau des pattes de Rex, couina.

— Qu'il en soit selon ta volonté. Je resterai auprès de toi, seigneur, et veillerai sur toi.

— Reste. A l'aube nous levons le camp, même si nous sommes tout seuls.

Il s'affala au pied de buissons, mais s'endormit tard, car la louve lui apporta un morceau de barbaque, et quand il fut rassasié, lui glissa dans le tuyau de l'oreille un tas de jérémiades à propos de Kulas.

Au point du jour, lorsqu'ils se levèrent pour prendre la route, tout le campement était déjà sur pattes et n'attendait que les ordres.

— Quelque chose a dû encore les changer ! Les voilà debout comme des petits moutons — s'étonnait Rex.

— N'y a-t-il pas quelque ruse là-dedans ? — s'inquiétait la louve.

Rex, sautant sur son étalon, se porta en tête de la marche, la louve courant à ses côtés, et tous troupeaux, à perte de vue, se tenaient prêts à partir.

— Direction le levant ! Direction le soleil ! Direction le levant ! — hurlèrent les chiens de berger.

Et les troupeaux s'ébranlèrent, pareils à une immense étendue d'eau, progressant d'un pas égal, tranquille et silencieux, en direction des montagnes qui faisaient miroiter dans le lointain les sommets argentés de leurs glaciers.

VIII

Les jours, tels des roues d'un bleu pâle, se mirent à rouler régulièrement, silencieux, monotones, et se ressemblant tellement qu'on ne savait plus si aujourd'hui n'était pas déjà demain ou ne redevenait pas hier. Ils s'écoulaient lentement et paresseusement, comme des eaux profondes, immenses, coulant sur toute la largeur du monde. Ils pointaient à l'aube, pâles et sans aurore, gris et, pareils à d'éternels et inlassables pèlerins, prenaient la route, interminablement ; ils dépassaient les lugubres midis, se traînaient au travers de funèbres crépuscules et se couchaient pour un sommeil de plomb dans les nuits noires — nuits sans étoiles et sans lune, comme dans des cercueils éternellement muets. Et il en allait ainsi tous les matins, continuellement et toujours.

Et ainsi tous les matins le même ciel déployait au-dessus du monde sa toile grossière et grise.

Et ainsi tous les matins la même lumière éteinte, mourante, vous ensablait les yeux d'une espèce de cendre fine, qui vous pénétrait de part en part.

Et ainsi tous les matins s'éveillait dans les cœurs cette même langueur, douloureuse, incroyable, qui les faisait avancer comme à coups de fouet, plus loin, toujours plus loin.

Et les montagnes, faisant miroiter leurs silhouettes argentées de neiges et de glaciers, étaient toujours hors de portée, toujours aussi lointaines. Et la terre aussi semblait ne pas raccourcir sous leurs pas. Les troupeaux marchaient inlassablement et en une vague si large qu'on pouvait penser que tout se déplaçait en même temps qu'eux, comme si un gigantesque vaisseau les emportait à travers les solitudes de l'univers. Car aucun œil n'était capable de s'y reconnaître dans cette monotonie de collines identiques, d'arbres identiques, de rivières identiques, d'identique grisaille des jours, du ciel et de la terre, par lesquels ils passaient. Les vents ne soufflaient pas, les pluies ne tombaient pas, le soleil ne brûlait pas, les froids ne mordaient pas. Les jours s'écoulaient les uns après les autres, se ressemblant comme les grains d'un chapelet en train de se défaire. Cela donnait parfois l'impression qu'ils restaient sur place bien qu'avançant sans désemparer. Et il se passa que cette monotonie les transforma tous à son image de parfaite grisaille, de silence et de léthargie. Les disputes se turent ; les querelles et les controverses cessèrent. Plus de remue-ménage, plus de beuglements ni de pathétiques bêlements.

Même les différences innées s'estompaient. Une même infortune les avait rendus intérieurement si semblables qu'ils ne se distinguaient plus entre eux. Les poulains cheminaient avec les loups, les truies pendant les nuits fraîches recherchaient de la chaleur sous le ventre des vaches, les veaux marchaient de conserve avec les étalons, tandis que les bœufs âgés se traînaient la tête basse au milieu des cochons. Ils devinrent une seule et énorme existence ne sentant que d'une seule façon et mue par un identique instinct. Car même les souvenirs ne permettaient de rompre cet équilibre d'airain. Tout ce qui avait été jadis — la vie d'antan, les hommes, les anciennes peines ou joies, était rayé de leur mémoire, à l'instar de fanures de l'année précédente sur des friches, et tombait en poussière.

Ils migraient maintenant sans se tourmenter de questions, et avec une humble soumission.

La plus minable pitance leur était goûteuse, la terre nue et caillouteuse fournissait un repos délicieux à leurs carcasses éreintées, et le sommeil leur apportait l'oubli de tout. A l'aube de chaque jour, les cris des grues les dressaient sur pattes, et les aboiements des chiens et des loups les aiguillonnaient toujours plus loin.

— Là-bas, derrière les montagnes, ce n'est plus très loin ! — les encourageait souvent Rex en hurlant.

Et donc ils s'empressaient vers ces montagnes avec une énergie toujours plus grande, avec l'obstination et la rage d'une foi inébranlable en leur arrivée prochaine sur cette terre promise. Leurs yeux, rayonnant comme d'une implorante prière et d'un cri de sourde langueur, se levaient sans cesse en direction de ces montagnes tant désirées et pourtant si terriblement lointaines.

Jusqu'à ce que, après des jours et des jours semblables à ceux-là, au moment d'un crépuscule, ils atteignissent inopinément un point où les terres, planes jusqu'à présent, dégringolaient soudain, s'abîmant en falaises escarpées dans quelque crevasse ayant l'apparence d'un insondable précipice. Du fond de ravins et d'obscures anfractuosités, exhalant une humidité putride, montèrent les lointains borborygmes de torrents et des milliers d'échos comme provenant de tempêtes déchaînées, ou de coups de tonnerre, ou de rugissements d'animaux sauvages.

Devant ce qui ressemblait à des portes ouvrant sur des mondes inconnus, les troupes terrorisées s'arrêtèrent, intriguées, tendant l'oreille et reniflant.

— On ne bouge pas, on reste à sa place ! — avertissaient les fougueux chiens de berger.

La nuit tomba bientôt, turbulente à l'extrême, froide, ventée et pleine d'inquiétude. Le mystère ne serait élucidé qu'à l'aube, et en attendant ils se tenaient debout, immobiles, se pressant l'un contre l'autre et craignant de bouger de place, car partout apparaissaient de noires crevasses et le sol vibrait tellement sous leurs pattes qu'on eût dit qu'il allait à tout moment s'effondrer et basculer dans l'abîme. L'impression de danger était accentuée par le tonnerre et les éclairs, éclatant régulièrement quelque part au fin fond des gouffres et de l'obscurité. Les échines et les pattes se figeaient, la somnolence les anesthésiait, la faim les tenaillait, la soif leur tordait les entrailles, mais ils restaient debout stoïquement, attendant le jour encore lointain, et déjà rêvant éveillés à ce que ce jour leur apporterait. Un murmure sorti d'on ne sait où répandait l'espoir que c'était leur dernière nuit de torture et de détresse.

Demain ! Demain ! soufflaient des voix étouffées. — Demain ! retentissaient de brefs beuglements. Comme sur des images on lisait en eux toutes leurs aspirations et en même temps toute la conviction de leur foi en ce lendemain qui arrivait. Et petit à petit tous les troupeaux, piétinant d'une patte sur l'autre, rabâchaient sur leurs langues desséchées de fièvre leur ardent désir de ce lendemain béni, tant attendu. Et comme leurs cœurs débordants ne pouvaient plus loger de sensations fortes, ils éclatèrent soudain d'un véritable déluge de clameurs. Ce sont les bêtes à cornes qui commencèrent par un puissant, solennel beuglement, puis les autres leur firent écho de leurs voix mêlées, si bien que ce chœur résonna jusqu'à l'aube, chanté avec une telle dignité et ferveur qu'on les eût crus aux portes du paradis.

Après minuit la pluie se mit à tomber et bientôt se transforma en déluge et tomba sans désemparer jusqu'au moment où, sous la tremblante lame d'eau qui se déversait, commencèrent à émerger et prendre forme les contours brumeux du monde. Alors les beuglements cessèrent également et, après un bref silence, les grues entonnèrent leur chant dans l'atmosphère grise, détrempée, et d'innombrables ailes répandirent le bruit de leurs battements.

Apparut aussi Rex, avec sa désormais inséparable louve.

— En avant. En avant ! En route ! — hurlait-il avec autorité.

Point n'était besoin de répéter l'ordre, ils s'engouffrèrent dans la noire béance du défilé, tels une rivière qui aurait rompu ses digues, et se bousculant tout en beuglant, s'écoulèrent en un cours impétueux grossissant tumultueusement. Quelques-uns jetèrent encore un coup d'œil derrière eux, quelques-uns beuglèrent, pris d'une terreur soudaine, quelques-uns même eurent envie de faire machine arrière, mais les troupes avaient pris de la vitesse et, emportées par le mouvement général et la pente du chemin, se déversaient dans les bas-fonds avec toujours davantage de turbulence et de célérité.

A l'ombre des sauvages proéminences rocheuses grondèrent des milliers de sabots, pareils à une tempête qui faisait se balancer les arbres sur les sommets ; sur les versants dévalaient des avalanches de pierres, les oiseaux effrayés s'enfuyaient en criant.

Le défilé était par endroits encombré d'éboulis de pierres désagrégées et d'accumulations de débris de bois pourris, des torrents l'entaillaient ; parfois de profondes crevasses se mettaient en travers ; parfois les animaux devaient traverser à la nage de profondes fosses inondées par les eaux et pareilles à de vertes marmites taillées dans le roc ; parfois encore le défilé se transformait en une gorge étroite et sombre, dans laquelle on s'ensanglantait les flancs et se cassait les extrémités des cornes au contact des rugueuses parois rocheuses. Sans parler des obstacles qu'ils franchissaient avec une morne et persévérante abnégation. Mais ils étaient emportés par une rage qui les rendait inconscients et insensibles aux dangers de cette équipée. Ils étaient comme blindés contre toutes les souffrances : les rochers qui tombaient les broyaient, les eaux traîtresses les noyaient, les gouffres les engloutissaient, la faim les tenaillait continuellement, les efforts démesurés les achevaient. Et quiconque tombait était dispersé sous des milliers de sabots ; quiconque avait un moment de faiblesse — périssait, quiconque se retrouvait lâché à l'arrière était lui aussi perdu. La mort de tous côtés sortait ses impitoyables griffes.

Il n'y avait ni miséricorde ni pitié pour les faibles.

C'était comme si l'univers entier avait juré leur perte.

Chaque jour pratiquement s'acharnait sur eux, et de plus en plus cruellement.

Car après avoir payé un sanglant tribut à ces traversées de montagnes, ils se retrouvèrent, ô surprise, dans une vaste zone de glaciers, de neiges et de tempêtes permanentes.

La nuit, les pathétiques gémissements des animaux frigorifiés s'extirpaient d'en dessous des brouillards neigeux et se diffusaient au travers des vents glacés. Les jours non plus ne s'avéraient pas plus cléments : un soleil transi observait de sa pupille verdâtre, glaciale, ces cortèges cadavériques en train de crever en se traînant à travers ces furieuses bourrasques de neige.

Et quand ils eurent également surmonté cela, leur route fut à nouveau barrée par des forêts mortes, montant jusqu'au ciel. Elles se dressaient compactes, énormes, antédiluviennes, et sous leurs voûtes s'étalaient des ténèbres rousses, qu'on eût prises pour le jour marié à la nuit. Elles se dressaient droites, montant jusqu'au ciel, semblables à des colonnes faites de cuivre rouge et décrépites depuis déjà des temps immémoriaux. Ce n'étaient que ruines subsistant dans leurs formes grâce à leurs séculaires immobilité et léthargie. Le sol sous elles était lui aussi mort et recouvert d'une croûte de cadavériques lichens. Mais le plus horrible était qu'à chaque beuglement un peu plus sonore, à chaque heurt et même à chaque bruit de sabot un peu plus puissant — la forêt se désagrégeait et s'effondrait. Les colonnes montant jusqu'au ciel se disloquaient en pourriture pulvérulente. Une lutte sourde, désespérée, s'engagea contre cette poussière fine, nécrosée, coulant de tous les côtés. Elle se déversait silencieusement en innombrables cascades rousses, ensevelissant des troupes entières. Ils en avaient jusqu'aux genoux, puis jusqu'au ventre et pour finir seules leurs têtes s'agitaient furieusement dans les nuages couleur de rouille. Des milliers y restèrent, enterrés vivants, et les rescapés, retenant même leur respiration, se faufilaient à la queuleuleu, passant avec une mortelle terreur à côté de chacun des arbres.

Ils se dirigeaient uniquement grâce à leur instinct et aux trompètements des grues qui chantaient à chaque point du jour, quelque part haut dans le ciel au-dessus des bois, jusqu'à ce que, finalement, s'ouvrît devant les animaux mortellement éreintés un immense piedmont de vertes collines que baignait une claire et joyeuse lumière. Le soleil brillait, une brise enivrante soufflait, sous laquelle s'inclinaient des herbages goûteux, densément piquetés de fleurs, d'innombrables ruisseaux murmuraient délicieusement, de gigantesques cèdres dispensaient leur bienveillante ombre veloutée, le calme de l'après-midi gonflé de chaleur résonnait de l'incessant bourdonnement des insectes.

Le piedmont s'inclinait doucement vers une vallée que le regard pouvait à peine embrasser, d'où paraissaient émerger ces gigantesques montagnes vers lesquelles ils marchaient depuis si longtemps. Leurs sommets recouverts de glaces semblaient faire étinceler au soleil des flambeaux argentés. Les versants, revêtus d'une verte draperie de forêts et découpés par les blanches traînées des cascades, déchiquetés par de sauvages arêtes rocheuses, formaient un tableau plein de majesté et de grandeur. Et latéralement, du côté gauche, miroitait l'infinie lissitude céruléenne de la mer. L'air vibrait du battement rythmé des vagues.

Ils restèrent longtemps aveugles à toutes ces merveilles ; et longtemps encore, pénétrés de la terreur de ce mortel combat, couchés la tête contre terre, complètement épuisés, ils ne pensèrent ni à la faim ni à leurs blessures encore saignantes.

— Je ne bougerai plus, je préfère crever — beugla un taureau, se faisant apparemment le fidèle écho de toutes les troupes. Des jours entiers s'écoulèrent avant qu'ils ne se remissent à manger et à boire et avant que, ayant repris un peu de forces, ils ne commençassent à regarder le monde autour d'eux.

Rex, après avoir fait le tour des rescapés, revint sérieusement tracassé auprès de sa louve.

— C'est tout ce qu'il reste ? — L'effroi lui serrait la gorge, il pouvait à peine respirer.

— Kulas et les loups ne sont pas là — informaient les chiens de berger.

— Je savais qu'ils trahiraient — grogna la louve. — Ils ont fui avant même les défilés.

— Mais des troupeaux, c'est tout ce qu'il reste ? — se tracassait-il, n'en croyant pas ses yeux.

— Les autres ont rempli de leurs carcasses les crevasses et ces maudites forêts.

— Il eût été préférable qu'aucune patte n'en réchappe vivante.

— Ne t'en fais pas, on aura encore l'occasion de périr — en rajoutaient insolemment les chiens de berger.

— On n'est plus loin, plus loin — promettait Rex résolument.

— Attends le petit-père été et les loups mangeront la petite jument — jappa effrontément l'un d'eux et, avant qu'il n'eût achevé, se retrouva pissant le sang sous les crocs de la louve, pour lui apprendre le respect.

— Dans quelle direction sont descendues les grues pour la nuit ? — Rex reniflait et dressait l'oreille de tous les côtés.

— Je vais te conduire à elles, j'ai même les oreilles percées de leurs cris.

— Tu leur fais peur, reste et ouvre l'œil.

— Je ne me souviens même pas du goût de leur chair. — Elle souffla dédaigneusement et, lui indiquant la direction, courut inspecter les troupeaux couchés.

Des innombrables troupes qui s'étaient révoltées contre le joug de l'homme et étaient parties à la recherche de la liberté, il n'apparaissait qu'à peine quelques milliers de survivants.

Sans aucun doute pour la première fois de sa vie, la pitié remua son cœur de loup lorsqu'elle vit de près ces squelettes étiques, couchés dans une complète apathie.

— Des os, uniquement des os et des peaux trouées ! — couina-t-elle avec compassion.

La vue des brebis la remplit également d'attendrissement ; elles étaient couchées sous des cèdres.

— Vous y avez échappé, et comment, comment ? — se préoccupait-elle, se rapprochant un peu d'elles en rampant.

— On ne sait pas ! On ne sait pas ! — se mirent-elles à bêler en se réfugiant sous la protection des cornes des béliers.

Et la troupe des cochons semblait aussi être au complet. Ils s'étalaient sur les bords sablonneux d'un ruisseau. A la vue de la louve des groins menaçants commencèrent à se lever, leurs oreilles flasques se mirent à frétiller de frayeur, tandis que leurs yeux ronds et intelligents se rivaient sur elle avec crainte.

— Je ne pensais plus vous revoir. Et vous voilà presque tous sauvés !

— Parce que, comme d'habitude, nous courions à la fin, on n'a pas les quilles des chevaux.

— Et quand la forêt commença à s'effondrer en poussière, alors on est passés prudemment et tout doucettement par les côtés.

— Nous on ne se presse que pour la bouffe ! Personne n'est pressé de mourir.

— Vous avez de la chance ! — grogna-t-elle en les approuvant.

— On a un cerveau pour ne pas se précipiter là où d'autres sont déjà en train de périr.

Elle se rapprocha des chevaux en s'aplatissant, mais l'un d'eux fit claquer ses sabots et hennit brutalement.

— Déguerpis, chienne, ne traîne pas par ici, sinon je te piétine.

Les cornus non plus ne l'accueillirent favorablement, car quelque taureau la menaça de ses cornes.

— Tu veux faire sortir les boyaux à quelqu'un ? — Tu as assez de notre viande dans la forêt !

— Que vous êtes peu nombreux à avoir survécu, vraiment peu nombreux ! — Elle s'apitoyait avec tant de sincérité et d'insistance que ses couinements se répandaient en échos larmoyants.

Le taureau souleva sa lourde tête et explosa d'un puissant mais méprisant beuglement.

— La foudre ne frappe pas l'ivraie ; des peaux galeuses comme toi

réchappent même des déluges. Dégage, ne viens pas ici nous puer sous le nez !
— Elle poussa un hurlement en réponse — les pouliches commencèrent à ruer, hennir de peur et frapper le sol de leurs sabots.
— Stupide viande. Vous avez de la chance, je n'ai pas faim — grogna-t-elle avec magnanimité.
Il faisait déjà nuit quand elle retourna à la tanière de Rex, avec quelque morceau de viande encore dégoulinant de sang. Ils se mirent aussitôt à le dévorer. Longtemps on n'entendit que les os craquer et des lapements voraces. Enfin, s'étant rassasié, se pourléchant les babines, Rex commença à lui parler des grues.
— Elles resteront au bord de l'eau jusqu'au changement de lune et l'arrivée des cigognes. Pendant ce temps les nôtres aussi se reposeront et se requinqueront, prendront des forces, partout l'herbe est drue. J'ai vu beaucoup d'oiseaux gras et lourds dans les champs, ils tombent pratiquement tout seuls dans la gueule, il faut épargner les troupeaux, il en reste si peu — lança-t-il comme si de rien n'était.
— Je n'aime pas les oiseaux, il faut les plumer et ça laisse des traces.
— Ces montagnes ne sont plus très loin. — Il jeta un coup d'œil aux sommets qui se dessinaient vaguement dans l'obscurité.
— Nous, on les franchira, mais comment feront les porteurs de cornes, de sabots et autres ongulés ?
— On passera par les vallées. Les grues nous conduiront.
— Elles, montagnes ou mers, elles s'en fichent, elles passeront. Mais les troupeaux voudront-ils continuer ?
— Ils ne voudraient pas continuer, alors que le paradis est si proche !
— s'étonna-t-il.
Elle se pelotonna, semblant s'endormir.
La lune se dégagea sur le ciel sombre, les sommets glacés semblèrent s'estomper, des brumes argentées commencèrent à emmaillotter la terre, le silence submergeait le monde, seul le continuel battement des vagues se muait en battement cardiaque, puissant et rythmé. Rex ne pouvait s'endormir, certaines angoisses s'étaient réveillées en lui.
— On ne peut accorder beaucoup de confiance à de telles bourlingueuses — grogna-t-elle inopinément.
Justement, il avait réfléchi aux indications et récits des grues.
— Ces voyageuses célestes sont bien partout. Que peuvent-elles bien savoir de la terre ?
— Que peuvent-elles savoir de notre existence ? — bâilla-t-elle

comme sous le coup de l'ennui. — Leurs ailes les sortiront de toute mauvaise passe. Elles ne conçoivent ni l'incertitude des combats, ni la douceur de la victoire. Ce bec stupide avalera une grenouille et avec ça pourra voler pour le moins une semaine entière. Et elles ne manquent nulle part de mares fangeuses. Et elles s'enorgueillissent de ce que l'homme ne les chasse pas. Quels sont ces paradis où elles nous conduisent ? Sûrement des marais et de l'eau.

— On n'y trouve certainement pas notre oppresseur et bourreau, l'homme.

— Mais pourrons-nous y trouver notre subsistance ! Je ne pense pas à moi.

— J'ai entendu leurs merveilleuses chansons à propos de ce monde. Je les crois, ces grues, elles ne mentent jamais.

— Toute renarde vante sa propre queue. Je m'étonne seulement qu'elles rappliquent de ces paradis chez nous pour mettre au monde leurs petits ! Nous, nous ne faisons pas de litières à l'autre bout du monde.

— C'est un mystère — répondit-il à contre-cœur et en grognant. — C'est une chose impénétrable pour notre cerveau.

— Les chouettes aussi crient dans leurs trous : mystère, mystère ! Elles sont aveugles au soleil et pensent que les autres également ne voient rien ! — hurla-t-elle, au point que les moutons se mirent à bêler peureusement.

— Tais-toi, ou je te chasse ! — grogna-t-il durement, inquiété par les doutes qu'elle avait éveillés en lui. Il n'avait pas le droit de douter de ces créatures ailées. Toutes ses croyances et espérances et tout l'avenir de tant de races de quadrupèdes — étaient nées de ces chansons enchanteresses. Ces trompètements de grues n'étaient-ils pas leur seul guide à travers les déserts d'un monde terrible ? Ils avaient laissé derrière eux une chaussée pavée de leurs propres ossements. Ils avaient tout abandonné et se pressaient à travers tous les enfers jusqu'à ce pays rêvé de la félicité. A présent si proche, si proche. Les grues lui chantaient à nouveau ses merveilles ! Elles lui avaient insufflé dans l'âme une croyance renouvelée. Elle parle sous le coup de la colère, apparemment la lumière l'énerve.

Il ne pouvait s'endormir, la lune lui brillait droit dans les yeux, et des vallées ensevelies par les brumes montaient de temps à autre les échos de beuglements, qui vous donnaient la chair de poule.

— Une dure traversée nous attend ! — il était à l'écoute, frissonnant.

— On va pousser les cornus en avant, pour tâter le terrain.

— Qu'est-ce qui peut beugler si horriblement ? — s'inquiétait-il.
— On verra quand ils nous attaqueront. Dors, il va bientôt faire clair.
Mais le lendemain aussi, à la lumière du soleil, lui revinrent les mêmes doutes, accompagnés de bizarres, incompréhensibles angoisses. Il évitait la louve et fut pris d'un accès d'inquiétude pour ses troupes, courant au milieu d'elles, examinant pratiquement chaque quadrupède en particulier. Il s'adonnait à d'amicales causeries, pérorant avec une conviction enflammée du but déjà proche de leur migration. Il désignait les montagnes, derrière lesquelles devaient prendre fin toutes leurs souffrances. Il s'efforçait de transfuser en eux toute sa croyance en ces lendemains heureux. Et de sa voix grondante, léonine, répétait ce qu'il avait entendu des grues. Et il le faisait avec une ferveur toujours plus grande, car il avait senti parmi eux une réticence croissante. Il lui semblait pouvoir convaincre les sourds et les muets. Les têtes se levaient, les yeux aux paupières alourdies se braquaient sur lui, mais seul un sinistre silence lui venait en réponse. Il multipliait ses efforts, mais rien n'y faisait. Il explorait de meilleurs pâturages, des sources pures, des endroits plus frais pour les repos de midi — tout cela en vain. La méfiance allait crescendo de jour en jour. Un invisible abîme s'ouvrait entre eux et lui, de plus en plus profond. Et pourtant ils pouvaient à nouveau bâfrer à volonté. Il vérifiait que leurs flancs creux se remplissaient à nouveau, que leurs pelages commençaient à luire, que leurs échines se redressaient. Même leurs voix gagnaient en portée et en puissance. Et en même temps les récriminations se faisaient de plus en plus nombreuses. Il les perçut une nuit où il se faufila entre eux, à l'abri d'un rideau de brumes. Les cochons, dégustant des noix de cônes, couchés sous des cèdres, bougonnaient paresseusement.
— Qu'est-ce que cette bouffe ! c'est amer comme de l'absinthe, de la pourriture. Ah, des pommes de terre avec du son, des pommes de terre !
— Ou encore cette herbe — hennissait un étalon — c'est comme si on mâchait des chardons, ça vous brûle dans la gueule...
— Que ne donnerais-je pour une mesurette d'avoine ou une botte de foin.
Les vaches, à peine visibles dans la végétation luxuriante, récriminaient également.
— Tu peux manger de cette herbe toute la journée, tu auras toujours les pis vides et manqueras de force. Ah ! des feuilles de betteraves, des tourteaux, une poignée de foin sec ! Ça c'était le top des festins.
Les bœufs oisifs, les panses comme des barriques, récriminaient en

pleurnichant.

— Tu te penches toute la journée, tu broutes brin d'herbe après brin d'herbe, et le soir tu as la bedaine vide, mal au dos, et il te faut encore courir après de l'eau. Au diable une telle liberté. Ce n'est pas un bonheur pour nous. Avant on était servi, de loin déjà le râtelier sentait bon le fourrage.

Même ces stupides moutons bêlaient sans arrêt, se plaignant d'avoir trop chaud dans ces toisons qui leur poussaient constamment, et que personne ne pouvait leur tondre.

Le vieux Srokacz, qui était sorti des bois fortement perturbé et avec le cerveau comme amoindri, divaguait sans cesse, incapable de tenir en place, et beuglait sans désemparer.

— Je l'avais dit que ça se terminerait mal ! Je l'avais dit ! Cherchons un maître, cherchons l'homme ! Bouh ! Bouh !

Rex revint sur sa couche tout triste et en proie à l'amertume.

— Misérable bidoche — couina la louve après avoir entendu sa relation. — Voilà que la bouffe les travaille.

— Ils s'empiffrent jusqu'à plus soif, ne font rien, que leur faut-il de plus ? — déplorait-il.

— Ils sont trop bien. La misère leur remettra le cerveau en place. Il faut reprendre la route.

— Mais maintenant c'est moi qui ai peur, vont-ils partir ? J'ai senti de la haine en eux ! Et pour quelle raison ? Pour quelle raison ? C'est vrai, les prairies sont déjà piétinées et abîmées, les eaux aussi sont souillées. Comment les faire bouger ?

— Par des promesses. Promets, tout ce que ta langue pourra supporter, ils te croiront et partiront.

— Comment cela ? — grogna-t-il indigné.

— Paroles — paroles, et le sot est content ! Tu ne mentiras pas. Le bonheur réside dans l'espérance. Et de quoi ont-ils vécu jusqu'à présent ? Et on ose dire : l'espérance est la mère des sots, moi je serais prête à hurler par le monde entier que l'espérance est la mère de tous. Que les chiens de berger répandent une nouvelle prétendument secrète, disant que la migration va se terminer dans la vallée au pied des montagnes, que c'est là le terme définitif ; que là se trouvent liberté et bonheur. Il faut les motiver par quelque chose, car s'ils prennent goût à cette béate oisiveté, ils n'iront pas plus loin. D'ailleurs, sont-ils mal ? Ils se gavent, l'homme ne les extermine pas, et le fouet ne siffle pas au-dessus de leurs têtes. Puissent-ils ne pas être plus mal là où tu les conduis !

— Là-bas le tyran n'a jamais mis les pieds — grogna-t-il avec passion. — Ton conseil est bon, mais qu'en sera-t-il ensuite, quand nous arriverons au pied des montagnes ?

— Ensuite, ils auront oublié ce qu'ils ont entendu, et partiront appâtés par de nouvelles promesses et se laisseront à nouveau conduire plus loin. Il faut qu'ils soient trompés, pour leur bonheur...

— Tu as la caboche fertile en combines. — Il fut pris d'une admiration confinant à de la frayeur.

— Chaque animal libre doit compter sur son propre cerveau, nous on ne vit pas aux crochets de l'homme.

— Il faut bouger de cet endroit, car bientôt commenceront ici les tempêtes et pluies torrentielles.

— Je cours accélérer le moment du départ. Fais-tu confiance aux tiens ?

— Aux chiens ? Comme à moi-même. Tu as vu comme ils étaient fidèles et dévoués pendant toute la route.

— Surveille ces cabots de village, ils trament quelque chose contre nous...

— Tu hallucines, ce sont les plus fidèles des fidèles. Ce sont bien les chiens de berger qui ne te laissent pas approcher les moutons.

— Il n'est pas encore né celui qui pourrait m'en empêcher ! — couina-t-elle avec arrogance. — Je les ai vus tournicoter au milieu des troupes la nuit, aboyant quelque chose tout bas.

Là-dessus elle s'en fut, tandis que Rex bondit sur une éminence rocheuse dominant les pâturages et, s'étirant, promena son regard alentour.

Le piedmont, pareil à une énorme toile verte, piquetée d'arbres, s'abaissait pour former une immense vallée vibrant d'une lumière dorée.

Au-delà de la vallée se dressait la paroi montagneuse montant jusqu'au ciel, et sur le côté, au loin, la lissitude marine scintillait d'éclats aveuglants. Une brise tiède et caressante soufflait.

Le soleil était encore haut dans le ciel. Les troupeaux paissaient, dispersés, à peine visibles dans la végétation et pratiquement décolorés, seule la blancheur des cochons se distinguait clairement sous les cèdres branchus. Les moutons s'égaillaient sur les versants verdoyants, tels des cailloux épars. Des cascades faisaient entendre leur monotone murmure et la mer au loin le battement de ses vagues. De temps en temps éclatait un beuglement prolongé mais, plus fréquemment, c'étaient plutôt les aboiements aigus, amicaux des chiens qui troublaient le silence.

Rex portait son regard d'un endroit sur l'autre, semblant s'attarder sur l'immaculé azur au-dessus des montagnes, dans lequel tournoyaient des aigles, ou bien se retournait pour contempler cette maudite forêt suspendue en bordure de l'horizon, noir nuage porteur de grêle, mais en fait il était aveugle aussi bien à l'espace qu'à toute forme visible. Les stupides glapissements de la louve lui avaient occasionné des contrariétés qui lui voilaient le monde. Il se remémora soudain toutes leurs péripéties depuis qu'ils avaient quitté les hommes. Il les visionnait au grand complet, telles que chaque jour les avait amenées. La seule différence c'était qu'il les vivait à présent avec une vitesse à vous faire tourner la tête. Mais il n'y manquait pas le moindre gémissement entendu, ni les cadavres abandonnés derrière, ni les marches interminables, affamées, ni rien. Tout cela s'agitait en lui avec la force d'un ouragan, bien que dans un mortel silence. Il se secouait de ces cauchemars, comme s'il voulait les fuir, oublier — il n'y avait pas moyen. Ils se nourrissaient des tourments de son cœur. La peur lui hérissa le poil et lui fit claquer des dents. Il couinait par moments, labourait le sol de ses griffes, mais ne put vaincre ces réminiscences qui s'extirpaient de plus en plus distinctement et massivement des cachots de son cerveau. Où sont ces foules innombrables ? Des parcours entiers, interminables, pavés de leurs ossements, se mirent à papilloter tels un effroyable ruban. Et combien d'entre eux atteindront cette terre promise ? Un fardeau immense s'abattit sur lui. Le chagrin lui lacérait le cœur et simultanément quelque chose ressemblant à un sentiment de responsabilité se manifestait en lui sous forme d'une vague de déchirante douleur. Il avait fait confiance aux grues ; leurs histoires éthérées, enchanteresses, lui avaient fait perdre la tête. N'étaient-ce pas de simples contes merveilleux ? Peut-il exister au monde un tel bonheur ? Des marteaux semblaient lui asséner des coups de plus en plus puissants sur le crâne. Et si ce n'était pas vrai, alors mensonges seraient tous ses fiers slogans et promesses, avec lesquels il avait soulevé d'innombrables foules. Mirages, ces terres promises, illusion. Et que se passera-t-il si là-bas, où il finira par les conduire... Non, non, hurla en lui l'instinct de conservation. Il fallait qu'il en soit comme il le croyait, comme le chantaient les chansons des grues, comme son âme l'exigeait. Et puis il avait sorti ces foules pour les sauver et non pour les perdre. Dure est cette migration, certes ils souffrent et périssent, mais ce n'est pas pire que ce n'était du temps où ils étaient esclaves de l'homme. Il avait brisé leurs fers et les avait libérés ! Ils l'avaient suivi volontairement, il ne les avait pas forcés. Ils se plaignent, le maudissent pour leurs souffrances. Tout se paie par la souffrance. Ils apprendront la vie. Un bonheur obtenu dans la douleur ne peut décevoir. Il existe tant de hardes sauvages, qui n'échangeraient pas leur liberté contre la tutelle de l'homme. Ils ont déclaré la guerre à l'injustice et doivent vaincre. Ils sont encore aveugles, mais ne verront clair que là-bas, au-delà des montagnes, dans ces champs paradisiaques de la félicité. Dans l'ivresse de leur nouvelle existence, ils oublieront le passé. Et maudit soit ce passé !

La tempête se calmait en lui, de temps en temps encore un coup de tonnerre éclatait, ou un éclair lui rongeait les yeux, mais petit à petit une paix mêlée de fierté lui berçait le cœur, ses certitudes se fortifiaient et ses anciennes et inébranlables croyances venaient renforcer sa volonté défaillante.

Il médita encore longtemps sur les rochers et ce n'est qu'au crépuscule avancé, quand la lune émergea dans le ciel et que les cèdres allongèrent leurs ombres, qu'il regagna son gîte.

— Les cigognes arrivent, on a entendu leurs claquètements venant du couchant — grogna la louve ensommeillée.

— Les grues attendent justement leur arrivée, et nous aussi.

Le silence se fit. La nuit enveloppa le monde de ses lumineuses ailes argentées.

L'aube blanchissait à peine les cimes des arbres et commençait à faire briller les trous d'eau encore embrumés quand, du côté du couchant, se firent entendre de sourds ballottements, comme ceux d'une tempête qui s'approcherait, et bientôt dans le ciel pâlissant se dessinèrent à perte de vue des chapelets d'oiseaux. Ils volaient en formation triangulaire, gigantesque, pareille à un nuage agité porteur de tonnerre. Ils descendaient des forêts mortes en un vol oblique, s'abaissant progressivement, si bien que leurs claquètements déversaient sur le piedmont un bruit sec de gravillons.

Les cigognes ! Les cigognes ! L'excitation se propagea d'un bord à l'autre du campement. Les troupes commencèrent à se lever précipitamment et soulever leurs lourdes têtes en direction de ce nuage blanc et noir, descendant toujours plus bas. Des milliers de beuglements saluèrent ces vieux amis. Un claquètement joyeux leur répondit, et le tourbillon d'innombrables ailes gronda si bas qu'ils purent apercevoir les becs pointus projetés vers l'avant et les pattes rouges, collées aux corps. Le battement de ces ailes provoqua un vent puissant qui fit osciller les arbres. Se répandirent en même temps dans les airs les piaillements de menus volatiles dont des nuées entières cachées sur les dos des cigognes s'égaillèrent avec un doux gazouillis. Ils colonisèrent tous les cèdres, buissons, buttes et de surcroît tombèrent en essaims entre les troupeaux. En revanche la horde des cigognes, délaissant le piedmont, vira à gauche au-dessus des vastes bassins côtiers qui brillaient dans le lointain de l'éclat encore trouble de leurs eaux endormies. Elles s'y posèrent, pendant longtemps on entendit leurs claquètements, les cris de bienvenue des grues et le clapotis des eaux, et l'on voyait constamment leurs nuées prendre brièvement leur envol avant de se reposer.

L'arrivée des cigognes provoqua une grande émotion parmi les troupeaux, et beaucoup se précipitèrent à leur suite. Une indéfinissable allégresse enflammait leurs cœurs et les emportait. Une espèce de bonheur se déversa sur tous avec leur apparition. Les cornus ne pouvaient s'empêcher de beugler de joie sans arrêt. Les chevaux se livraient à de sauvages cabrioles, hennissant et frappant le sol de leurs sabots. Ce fut un miracle que les chiens ne perdirent pas la tête, aboyant sur les hirondelles et les alouettes perchées dans les arbres. Une joie généralisée s'empara de tous. On eût dit que c'était jour de fête dans les pâturages. On oubliait de manger et regardait sans cesse en direction des bassins côtiers, vers les eaux qui brillaient déjà des feux du levant. Les cigognes ! Les cigognes ! ne cessaient de clamer toutes sortes de voix. Et quelque chose d'étrange les attirait irrésistiblement vers elles. N'arrivaient-elles pas des cieux de là-bas ! De leur lointaine patrie ; de leurs champs, de leurs villages, de leurs toits de chaume. Avec elles soufflait comme un air nouveau, enivrant. Ces claquètements secs, ligneux, firent chanter en eux les échos ensorcelants du passé. Un attendrissement larmoyant berça leurs âmes. N'avaient-ils pas pâturé ensemble dans les prés ? N'avaient-elles pas claqueté des étés entiers au-dessus de leurs toits de chaume ? Même les cochons s'attendrirent en se rappelant comment ces becs longs et durs leur chipaient la pitance de leurs auges. Plus d'un se souvenait encore des douloureux coups reçus. Et plus d'une fois ils avaient entendu les perdrix se plaindre dans les chaumes qu'elles leur subtilisaient leurs œufs et leur volaient leurs petits. A chacun d'eux quelque souvenir s'allumait dans la mémoire, et chacun d'eux était pris d'une soudaine et lancinante nostalgie du passé. Ils ressentirent la bonne odeur des fumées, des cours de ferme, du fourrage frais. Les beuglements nostalgiques s'élevèrent de plus belle, encore amplifiés par les gazouillements des hirondelles qui tournaient passionnément au-dessus des troupeaux, comme jadis...

Et Rex se sentit déconcerté. Il les connaissait, ces cigognes, à merveille. Elles nichaient à proximité du manoir dans un vieux mélèze et parfois lui volaient des pommes de terre dans son écuelle ! Parfois pour

s'amuser il les poursuivait dans les prés ! Tant de souvenirs les accompagnaient !
— Il doit faire froid là-bas, neiger ! Mais elles aussi vont dans la même direction que nous — s'attendrissait-il tout haut.
Seule la louve considéra leur arrivée avec dédain et colère.
— Des fouille-ordures, des mange-grenouilles ! Une compagnie idéale pour les chiens qui chassent dans les détritus — aboyait-elle, sarcastique. — Je comprends les grues, elles vivent selon leurs lois et loin des hommes, mais cette racaille, ces voleuses de poule, éternellement affamées et éternellement aux aguets pour chiper quelque chose, ces aboyeuses qui souillent tous les arbres, gosiers jamais rassasiés. Et impossible de se cacher d'elles, elles voient tout et vont le claqueter dans le monde entier. Et je vais pouvoir bientôt juger de leur courage.
Elle put apparemment en juger, ramenant en plein jour quelques échantillons qu'elle avait attrapés.
— Je les ai prises au vu de tous ! Elles vont m'en vouloir pendant des mois entiers.
Rex l'interrompit joyeusement.
— Dans quelques jours elles vont se mettre en route en même temps que les grues, et nous immédiatement derrière elles.
Ces quelques jours passèrent dans une drôle d'ambiance, exaltée, marquée par des attentes et comme des conciliabules. La nuit, on entendait de mystérieux murmures. Et ce qui encore attira la vigilante attention de la louve, c'est que les chiens, et même une partie des bergers, y assistaient constamment, comme s'ils manigançaient quelque chose ensemble. De plus, des pluies torrentielles s'abattaient, et entre deux averses de farouches nuages balayaient le piedmont. Les nuits se firent sombres, froides et remplies de grondements. Les vallées se voilèrent de brumes impénétrables. De lourds nuages bruns obstruèrent le ciel, au point que le soleil ressemblait à un gros œuf pourri, verdâtre. Et sur la mer se déchaînèrent des tempêtes, les vagues gémissaient contre le rivage, projetant leurs embruns écumeux en direction des nuées. Et il n'y avait pas d'endroit pour se protéger de ces furieuses rafales et de ces averses car les arbres, malmenés par les bourrasques, hurlaient affreusement, balayant le sol de leurs branches.
Un certain crépuscule, les grues firent savoir qu'elles se préparaient à partir.
— Demain on continue. Qu'on prévienne tout le monde — ordonna Rex et, après avoir rongé des morceaux d'échine ramenés par la louve,

s'enfonça dans les buissons et s'endormit.

Il se réveilla alors qu'il faisait grand jour ; il ne pleuvait pas et le vent dispersait ce qu'il restait de nuages.

— On y va ! En avant ! En avant ! — Il hurla de toutes ses forces, et en même temps promena un regard égaré autour de soi — le piedmont était désert, seules des eaux écumeuses lessivaient bruyamment les herbages.

— Où sont-ils passés ? — Il éructa un glapissement sourd.

— La rivière a débordé, ils ont dû fuir devant les eaux ! — expliquait la louve, ses fils à ses côtés, tandis qu'une douzaine des chiens de berger les plus fidèles couraient, reniflant désespérément.

— Et on ne peut les apercevoir. Ils ont dû se mettre en route même avant minuit.

— Comment ont-ils osé sans mon ordre, comment ? — s'emportait-il fiévreusement.

— Et pourtant ils ont osé. Le plus bizarre c'est que je n'ai rien entendu, c'est incroyable…

— On va les rattraper. En avant ! — hurla Rex, retrouvant son allant habituel.

Il fonça en avant, dépassant les eaux qui descendaient de plus en plus vite. Le piedmont s'abaissait assez abruptement — il fallait par endroits éviter des escarpements rocheux ; ailleurs, sous d'impressionnants éboulis, se nichaient de petits lacs entourés d'une ceinture d'arbres.

— Ils doivent être plus bas, au-delà des eaux. La végétation les cache.

Mais ils n'étaient pas là-bas non plus. Observant à la ronde, ils s'aperçurent avec étonnement qu'au-delà des eaux les traces tournaient soudain à droite et se poursuivaient parallèlement aux montagnes.

— Ils se sont perdus. Les malheureux ! Ils ont voulu contourner ces pentes raides et se sont trompés de chemin. — lamentait-il.

— Mais qu'est-ce qu'ils foncent ! D'habitude ils n'auraient pas parcouru autant en deux jours.

— Nous aussi il nous faut droper.

Ils se mirent à courir pour de bon. Les traces du passage des troupeaux apparaissaient clairement sur une large surface : l'herbe était couchée, piétinée et renfoncée dans le sol, les branches des buissons cassées. Sur les petits cactus s'accrochaient des morceaux de laine et des poils. De nombreux ruisseaux, cordons de graviers et dunes coupaient cette piste que fermaient des collines de déblais crayeux. Derrières celles-ci s'étendait une énorme cuvette, contrée grise, triste et brûlée par le soleil. De ci de là scintillaient des taches blanches et apparaissaient des bouquets de gigantesques arbres.

— Ils se reposent là-bas ! — aboya l'un d'eux, regardant un point où des nuées de volatiles tournoyaient sur place. Ils aperçurent bientôt une étendue d'eau bleue bordée de plumeaux de palmiers semblables à des cils, ainsi que de vastes, verdoyants pâturages.

— Ils sont couchés à l'ombre — glapirent les chiens, se précipitant en avant.

Rex, les dépassant tous de ses bonds déments, déboula le premier au milieu des troupeaux.

— Vous aviez quoi dans les yeux ? — hurla-t-il, menaçant. — Au lieu de marcher droit sur les montagnes, vers le levant, vous, comme des imbéciles, vous êtes partis dans une autre direction ! Et sans mes ordres ?

Pas une voix ne lui répondit, ce qui le mit dans une telle colère que, courant comme un fou furieux, il les engueulait tous et, cédant à sa nature, çà et là en crochetait un, donnait des coups de tête et labourait le sol de ses griffes.

Des milliers d'animaux le contemplaient d'un énigmatique regard, ils étaient fatigués par la route et la chaleur torride, ensommeillés, et lui venait les empêcher de se reposer. Leur emplacement était pourtant idéal, les eaux cristallines respiraient la fraîcheur, les palmiers distribuaient une ombre délicieuse, l'herbe était goûteuse et tendre, et une brise légère les berçaient dans leur somme, comme d'une berceuse.

Rex, se remettant quelque peu de sa colère, commença à annoncer péremptoirement qu'aussitôt après le repos ils revenaient à l'endroit où les grues les attendaient.

— De là, nous partons directement à-travers les montagnes. Notre dernière marche. Les passages sont larges, traversent des prés, en bordure d'une rivière. Trois haltes seulement, et c'est la fin de notre migration.

— On ne retourne pas ! Va de ton côté ! Nos chemins se sont séparés ! — un beuglement s'éleva, pareil à un coup de tonnerre.

Rex se recroquevilla, comme si un caillou l'avait frappé, mais n'en crut pas ses oreilles.

— La route est plane, comme dans les champs — poursuivait-il — nous passerons sans problème, et ensuite c'est fini…

— Menteur ! Menteur ! — aboyèrent à l'unisson tous les corniauds, sortant leurs têtes de derrière les cochons.

La louve avec les siens se jeta sur eux, ils se défendirent avec acharnement, surtout que les vieilles truies se précipitèrent à leur secours. Il en résulta une grande confusion.

Et Rex, perdant le restant de maîtrise de soi, commença à couiner, presque humblement ; il essayait de convaincre, argumentait, promettait, encourageait et incitait à persévérer. Le désespoir lui inonda les yeux de larmes brûlantes. Un abîme s'ouvrit devant lui. Tous ses rêves s'effondraient dans cette fosse sans fond et, à l'instar de ces maudites forêts de là-bas, ils l'ensevelissaient sous les poussières de leur anéantissement. Il leur avait tout sacrifié et maintenant, quoi ? Il redoubla de forces, tombait par moments, respirant à peine, mais se reprenait et avec ce qu'il lui restait d'énergie et de conscience continuait à lutter contre la bêtise, l'obstination et la lâcheté universelles. Ne défendait-il pas leur propre bien ?

— Vous vous perdez ! Vous perdez les générations futures ! Vous allez dépérir dans ces déserts, la faim vous dévorera, les animaux sauvages vous déchireront, le soleil vous tuera. Encore un peu de courage, mes frères, un peu de patience, un peu de foi. Nous avons déjà tant souffert, nous sommes si proches d'une fin heureuse, et vous préférez périr ici misérablement ! — La voix lui manqua, il s'enroua.

Un taureau couleur fauve, à la tête puissante et aux cornes courtes sortit de la foule.

— Silence, tyran — beugla-t-il à en faire trembler les palmes. — Tu jappes comme un chiot apeuré, mais plus personne ne va te croire. Nous ne te suivrons pas. Nous ne voulons pas périr jusqu'au dernier. Cours tout seul derrière le trompètement des grues, cavale seul après ces idéaux et va seul à la pêche aux vents dans le vaste monde. Tu nous as massacrés avec tes belles et abjectes promesses. Il est temps d'en finir avec les folies et de s'en remettre à la raison. Depuis des siècles les hommes nous ont commandés et depuis des siècles ils se sont préoccupés de nous. Tu as fait de nous des vagabonds ensauvagés, des sans-logis. Nous nous sommes laissé prendre, malheureux, à la glu de ta liberté. Pour elle, tu nous as commandé d'abandonner une existence assurée et notre patrie. Tu nous as tyrannisés avec de stupides fantasmes. Car ce n'est pas vrai que là-bas, derrière les montagnes, se trouve ta terre promise de liberté et de bonheur, ce n'est pas vrai. Elle n'existe nulle part où il n'y a pas d'hommes, où il n'y a pas d'étables, où il n'y a pas de champs ensemencés et de fourrage stocké pour l'hiver. Tu savais cela, mais tu nous as trompés et vendus à la mort.

— Vous voulez revenir sous le joug, l'esclavage et le fouet ! — hurla-t-il au comble de la tristesse.

— Nous voulons vivre ! — des voix par milliers jaillirent vers le ciel.

— Nous voulons vivre !

La louve couina, se défendant désespérément contre les groins et les crocs des chiens ; il bondit pour venir à son secours mais, avant d'y arriver, fut entouré d'une forêt de redoutables cornes.

— Mort au tyran ! Mort au traître ! Mort à l'assassin !

Il s'assit et, après avoir promené un regard sans crainte autour de soi, poussa un dernier hurlement.

Au bout d'un moment, au bord des eaux bleues, sur l'ombre tremblante et ensoleillée des palmiers, ne ressortait qu'une grande, sanglante tache.

Dans leur sauvage aveuglement ils l'avaient littéralement dispersé sous leurs sabots.

Les beuglements triomphateurs annonçaient au monde la mort du tyran et la liberté retrouvée !

Et les troupeaux délivrés des chimères commencèrent à vagabonder par les déserts, infatigables, à la recherche de l'homme. Ils ne savaient même pas où le trouver, et donc allaient là où les attirait la meilleure pitance et les conduisaient leurs yeux. Et ils aspiraient à rentrer dans leur patrie. Mais qui pouvait se rappeler dans quelle direction la retrouver ? Qui pouvait les y conduire ?

Ils arpentaient des déserts immenses, le soleil les dévorait sans pitié, la faim et la soif les achevaient, les tempêtes de sable les ensevelissaient, les animaux sauvages les exterminaient, mais rien ne put éteindre en eux cet inconsolable et terrible regret d'un maître.

Jusqu'à ce que, après avoir arpenté pendant beaucoup, beaucoup de jours pratiquement le monde entier, les troupes d'avant-garde se mirent soudain à piétiner sur place, s'agiter et tomber face contre terre.

— L'homme ! Notre maître ! L'homme.

En bordure d'une végétation inextricable, sous un palmier à la large couronne, se tenait une famille de singes ; un gorille énorme, visiblement pris au dépourvu, se souleva de terre, apeuré.

A sa vue tous les troupeaux tombèrent à genoux et un beuglement explosa jusqu'au ciel.

— Règne sur nous ! Gouverne-nous. Nous sommes tes fidèles ! Ne nous abandonne pas !

Le gorille effrayé se réfugia sur le palmier et, balançant des noix de coco sur ceux qui étaient le plus près, bredouillait quelque chose d'incompréhensible et trépignait de rage.

Et d'en bas montaient d'incessantes supplications :

— Règne sur nous ! Gouverne-nous ! Nous sommes à toi ! Toi notre maître !

FIN

Kołaczkowo, 17/VIII 1924.

TABLE DES MATIERES

PREMIERE PARTIE

I	7
II	26
III	34
IV	66
V	77

DEUXIEME PARTIE

VI	106
VII	123
VIII	130

© 2021, Richard Wojnarowski

Édition : BoD – Books on Demand,
12/14 rond-point des Champs-Élysées, 75008 Paris
Impression : BoD – Books on Demand, Norderstedt, Allemagne
ISBN : 978-2-322-37769-5
Dépôt légal : juillet 2021